와글와글
독서클럽

한 학기
한 권 읽기
시리즈

와글와글

청소년이 꼭 읽어야 할 비문학 필독서 12

독서클럽

강영준 지음

비문학

북트리거

비문학 ● 차례

• 저자의 말 •

　어릴 때 크리스마스 선물로 받았던 책 한 권이 떠오릅니다. 여덟 살이나 되었을까요? 크리스마스 날 아침, 머리맡에 전래 동화 한 권이 놓여 있었습니다. 여섯 살 위인 큰누나가 용돈을 쪼개어 모은 돈으로 선물한 책이었죠. '호랑이와 곶감', '혹부리 영감' 등이 실린 평범한 책이었어요. 책에 실린 동화 중에 '나박김치 도둑 이야기'가 참 재밌었습니다. 어느 동네에 이제 막 결혼한 신랑이 있었는데, 점심 때 나박김치를 먹었어요. 그게 너무 맛있어서 다시 먹고 싶어 아무도 몰래 밤에 부엌으로 들어갔죠. 그런데 나박김치 항아리에 손을 넣어 김치를 꺼내려는 순간, 그만 손이 끼어 이러지도 저러지도 못하게 된 거예요. 결국 새신랑은 항아리를 깨기로 마음먹었어요. 마침 달빛에 반짝거리는 물건이 있어서 거기에 대고 항아리를 힘껏 내리쳤죠. 아 글쎄, 그런데 그게 사실은 장인어른의 반질거리는 대머리였어요. 깜짝 놀란 장인어른이 "도둑이야!"라고 소리쳤지만, 새신랑은 시치미를 뚝 떼고 모른 척했답니다.

이 책은 제게 특별했어요. 무엇보다 이야기 속으로 들어가게 해 주었으니까요. 아마 그때 게임이나 유튜브, 웹툰이 있었다면 거기에 빠졌을지도 모르죠. 이야기를 좋아하면 가난하게 산다는 옛말이 있는데, 그때부터 저는 학교 공부보다 책에 꽂혀서 지냈습니다. 학교 공부를 열심히 했다면 지금보다 더 잘살았을까요? 하지만 저는 나박김치 맛에 빠져 체면도 잃어버린 새신랑처럼 정해진 공부보다는 읽기의 매력에 빠졌죠. 다행히 일찍 철이 든 누나가 그 뒤로도 책을 선물하거나 좋은 책을 꽤 빌려다 주었습니다. 놀랍게도 누나는 제 나이에 맞춰 가며 책의 수준을 조절해, 책 읽기의 가이드 역할을 훌륭히 해 주었어요. 전래 동화 다음에는 『톰 소여의 모험』이나 『해저 2만리』처럼 모험을 다룬 책을, 초등학교 고학년이 되자 『어린왕자』와 『모모』를, 중학교에 다닐 때는 헤르만 헤세의 『나르치스와 골드문트』, 『데미안』을 선물해 주었습니다. 수준에 맞는 독서가 책 읽기를 더 흥미 있게 해 주었죠.

머리가 굵어진 다음에는 어려운 책들에 도전했습니다. 고등학교에 올라가서는 문학책만이 아니라 철학이나 역사책도 읽기 시작했죠. 아우렐리우스의 『명상록』이나 에리히 프롬의 『사랑의 기술』 같은 책도 도전했어요. 어려운 내용도 있었지만 끝까지 포기하지 않았던 것은 어릴 때 쌓인 읽기 습관 덕이었어요.

그런데 한 가지 아쉬움이 있었습니다. 책을 읽다 보면 내가 이해한 것이 맞는지, 제대로 감상한 것인지 늘 의문이었어요. 또 읽다가 어려운 대목이 나오면 도대체 무슨 말인지 한참을 읽어도 이해가 안 될 때도 있었죠. 마음속으로 아무리 질문을 던져 봐도 작가가 대답을 해 주는 것은 아니거든요. 그리고 외로웠습니다. 책에 대해서 이야기를 나누고 싶었지만 그런 친구가 늘 있는 것은 아니니까요. 아마 책 읽기를 즐기는 사람이라면 이런 아쉬움을 한 번쯤은 느껴 봤을 것입니다.

책 읽기는 외로운 경험이에요. 혼자서 고독하게 글을 읽어야 하니까요. 특히 어려운 책일수록 혼자 읽는 게 버겁고, 그러다 보면 몇 페이지 넘기다 덮어 버리기 일쑤입니다. 혼자서 미로를 헤매다가 포기하게 되는 거죠. 요즘 사람들이 호흡이 긴 책들을 읽지 못하는 것도 이런 이유 때문일 것입니다. 그래서 언젠가 기회가 닿는다면 누군가에게 함께 책을 읽어 가는 동반자 역할을 해야겠다고 생각했습니다. 어린 시절 나를 책의 세계로 이끌어 주었던 누나처럼 말이죠. 그리고 책을 가지고 실컷 수다를 떨고 싶기도 했고요. 이런 생각을 가지고 있던 참에 마침 《독서평설》에서 책 읽기에 관한 글을 연재하자는 요청이 왔습니다. 책을 더 넓고 깊게 이해할 기회를 가져 보자는 취지였어요. 주저 없이 글쓰기에 나선 지 2년. 어느덧 원고가 모여 책으로 엮이게 되었습니다.

이 책은 두 권으로 되어 있어요. 한 권은 문학 책을, 한 권은 교양 도서를 다뤘죠. 그리고 각 장에는 해당 책에 대한 질문을 빼곡히 실어 두었습니다. 책을 읽으며 생긴 호기심과 궁금증을 모아 둔 것입니다. 그리고 질문에 대한 대답도 만들었어요. 물론 그 대답이 정답은 아니에요. 그저 함께 책을 읽는 누군가의 생각일 따름이죠. 따라서 질문에 대해 여러분이 따로 답을 만들어 비교해 보면 더욱 흥미로운 책 읽기가 될 것입니다. 더 나아가 실제로 '독서클럽'을 만들어 책에 대해 수다를 떤다면 더없이 훌륭한 효과를 낼 수 있겠죠.

이 책을 쓰기까지 도와준 분들이 많습니다. 먼저 함께 원고를 읽어 주며 쓴소리를 아끼지 않았던 《독서평설》 전은재 편집자께 고마움을 전합니다. 이분이 없었다면 원고를 제대로 쓸 수 없었을 것입니다. 또 원고를 기다려 주고, 예쁘게 다듬어 준 북트리거 편집 팀에도 감사를 전합니다. 원고를 선별하고 보강하는 데에 큰 도움을 주었죠. 무엇보다도 여기에 수록된 좋은 책들을 써 주신 저자 분들에게 진심으로 고맙습니다. 그분들의 생각이 혹시라도 글 속에서 왜곡되었다면 그것은 전적으로 제 책임이에요. 마지막으로 수록된 책들을 읽고 함께 수다를 떨어 줄 독자 분들에게도 고맙습니다. 함께 생각을 나눌 때 이 글이 비로소 진정한 생명력을 지닐 수 있을 것입니다.

2019년 2월
강영준

이웃과 함께
... 걸어가는 길

BOOK 1

타인의 고통을 외면하지 않는 용기
『왜 세계의 절반은 굶주리는가?』

　°계몽주의 철학자 루소는 『사회 계약론』에서 "약자와 강자 사이에는 자유가 억압이며 법이 해방이다."라는 말을 남겼습니다. 얼핏 보기에 루소가 거꾸로 말한 것은 아닌지 하는 생각이 들죠. 우리의 상식으로는 자유가 해방을 의미하고 법은 자유로운 행동을 구속하거나 억압하는 느낌이 들기 때문이에요. 그러나 약자와 강자가 한데 어울려 있을 때 상황은 달라집니다. 강자에게 법이 적용이 되지 않는다면, 그들은 약자를 억압하거나 착취할 자유마저 누리게 될 테니까요. 거꾸로 합리적인 법이 적용된다면, 약자들은 강자들로부터 자신을 보호받을 수 있습니다. 강자들은 법과 무관하게 자

유를 누릴 수 있지만, 약자들은 법의 보호가 없이는 자유를 누릴 수 없죠.

우리가 살아가는 21세기는 흔히 '신자유주의 시대'라고 불립니다. 자유주의는 국가의 개입을 최소화하고 거의 모든 경제활동을 시장 자율에 맡기자는 주장이에요. 한때 국가가 시장에 적극적으로 개입했던 적이 있는데, 경제 불황이 지속되자 이를 극복하기 위해 등장한 사상이 신자유주의입니다.

국가의 개입을 최소화한다는 것은 시장에 자유를 준다는 사실을 의미합니다. 전체적으로 보면 개인 간, 국가 간에 경쟁이 이루어지면서 경제에 탄력이 생기고, 경제가 성장하는 등 긍정적인 효과도 분명 있을 것입니다. 그러나 약자와 강자 사이에는 자유가 억압이 될 수 있다는 루소의 말처럼, 신자유주의 논리는 약자들에게 심각한 억압으로 다가올 수 있습니다. 생산량은 늘어나고 경제는 성장하지만, 빈민도 늘어나는 부작용이 생겨나는 것이죠. 그리고 그 억압이 굶주림이라면 문제는 꽤 심각합니다. 장 지글러의 『왜 세계의 절반은 굶주리는가?』는 바로 이런 문제의식에서 출발한 책입니다.

대학의 사회학 교수인 장 지글러는 한때 유엔(UN)의 식량 특별 조사관으로 활동했습니다. 당시 그는 세계 곳곳을 누비며 지구촌의 식량 부족 실태를 조사했죠. 이 책은 그가 직접 보고 겪은 끔찍한 기아의 실상을 기록한 것입니다. 그가 조사한 결과는 사뭇 충격적입니다. 2005년 기준으로 전 세계 기아 인구는 무려 8억 5,000만 명이었고, 갈수록 그 숫자는 늘어나고 있었습니다. 한쪽에서는 쌀이 남아돌아 걱정인데, 굶주림에 시달리는 인구가 이렇게 많다는 사실이 놀랍지 않습니까? 그동안 우리는 내 주변의 일이 아니란 이유로 기아의 불편한 진실을 외면해 왔던 것입니다.

아이러니하게도 오늘날 전 세계 곡물 생산량은 인류를 먹여 살리기에 충분한 수준입니다. 그런데 어째서 기아의 비극은 끝나지 않는 것일까요? 그 원인을 찾기 위해서는 굶주림을 두 가지로 나눠서 접근해야 합니다. 굶주림의 양상은 크게 '경제적인 기아'와 '구조적인 기아'로 나눌 수 있습니다. 경제적인 기아가 자연재해나 전쟁 등 돌발적인 사태에 따른 일시적 기근 현상이라면, 구조적인 기아는 나라 안의 정치 불안, 불공평한 사회구조, 인프라 부족 등이 빚어내는 고질적인 식량 위기를 가리킵니다. 자연재해나 전쟁으로 인해 일시적으로 경제적인 기아에 빠진 경우, 국제사회의 원조를 받아 이를 완화할 수 있습니다. 또한 피해가 복구되면 위기를 극복할 수 있죠. 하지만 구조적인 기아는 국제사회의 원조만으로 해결이 힘들다는 점에서 심각성이 더 큽니다.

현재 구조적 기아 문제로 인해 가장 힘든 지역은 아프리카와 아시아입니다. 아프리카는 전체 인구의 35%, 아시아는 15% 정도가 기아로 고통받고 있죠. 특히 아프리카는 오랜 가뭄으로 식량 생산이 줄어든 데다, 극심한 내전으로 원조를 받는데도 어려움이 있어 문제가 더욱 심각합니다. 그런데 아프리카의 이러한 정치 불안의 이면에는 서글픈 역사가 서려 있습니다. 과거 강대국들은 아프리카 영토를 자신들의 이해관계에 따라 인위적으로 나눠 통치했습니다. 오늘날 자로 잰 듯 반듯반듯한 아프리카의 국경선은 유럽 제국이 남긴 식민지 시절의 상처죠. 이들 국가는 1960년대 대부분 독립했지만 언어·종교·문화가 각기 다른 부족들이 한 국가를 이룬 탓에 갈등과 분쟁이 끊이지 않고 있습니다. 아프리카뿐만 아니라 아시아 등 식민지 역사를 간직한 나라들도 비슷한 이유로 오늘날까지 정치 불안에 시달리고 있죠.

게다가 강대국들은 자국의 잉여 농산물을 오랜 기간 동안 아프리카에 싼값에 팔아 왔습니다. 이른바 덤핑을 해 온 것인데, 이는 아프리카의 농업을 위태롭게 만들었습니다. 농민들이 곡물을 열심히 생산해 봐야 값싼 유럽산과의 경쟁에서 밀릴 수밖에 없었던 것입니다. 주력 산업인 농업이 죽으니 다른 산업을 육성할 기반도 다질 수 없었습니다. 그러다 보니 경제와 고용은 후퇴하고 가난이 지속되는 상황이 온 것이죠. 반대로 유럽은 아프리카라는 시장을 손에 넣을 수 있었습니다. 유럽연합(EU)이 해마다 자국 농민들에게 엄청난 보조금을 지급하는 까닭이 여기에 있습니다. 잉여 농산물을 싸게 팔아넘길 판로를 열어 줘 농민들이 생업을 유지할 수 있도록 한 거예요. 이것은 유럽의 정치 안정화에 보탬이 되고 있답니다. 약자를 이용해서 강자들이 이익을 취하는 꼴이죠.

게다가 강대국들은 기아를 해결할 수 있는 곡물을 가축의 사료로 활용하고 있습니다. 쌀, 밀가루와 함께 세계 3대 곡물인 옥수수는 생산량의 약 1/4이 가축의 사료로 쓰이고 있죠. 기아 문제가 이토록 심각한데도 다량의 옥수수가 동물의 먹이로 소비되는 이유는 단 한 가지, 돈 때문입니다. 육류는 곡물보다 가격이 비싸고 소비량이 많아 축산업자들이 이를 앞다퉈 생산하고 있어요. 농민들 역시 수확한 옥수수를 이들에게 안정적으로 판매하는 편이 돈을 버는 데 유리하고요. 육식에 대한 인간의 욕망, 돈을 좇는 탐욕이 동물을 옥수수의 주요 소비자로 만든 것입니다. 육식의 비중을 줄여 옥수수 사료를 적게 쓴다면 곡물 재고량이 늘어나게 되고, 이로써 곡물 가격도 지금보다 안정될 것입니다. 또 남는 곡물을 가난한 국가에 원조할 수 있겠죠.

자본과 기업의 논리 때문에 기아를 방치한 예는 1970년대 칠레에서도 일어났습니다. 당시 민중의 지지를 받았던 아옌데 정부는 영양실조에 허덕이는 15세 이하의 아이들에게 하루 0.5리터의 분유를 제공하려 했습니다. 당시 많은 아이들의 영양실조는 칠레 정부가 시급히 해결해야 할 당면 과제였어요. 하지만 기업들은 아옌데의 선의를 전혀 반기지 않았습니다.

아옌데는 소아과 의사 출신의 정치인이라서 유아기의 비타민 및 단백질 부족, 소년 소녀들의 건강 문제를 잘 이해하고 있었어. 그래서 그가 가장 우선적으로 내건 공약이 분유의 무상 배급이었던 거야. 그런데 당시에는 분유와 유아식을 판매하여 엄청난 수익을 올리고 있던 다국적기업 네슬레가 이 지역의 분유 시장을 독점하고 있었어. 네슬레는 우유 공장을 경영하며 목축업자들과 독점 계약을 맺고 판매망도 장악하고 있었단다. 때문에 아이들에게 분유를 무상으로 배급하기 위해서는 네슬레와의 원활한 관계가 필요했지. 아옌데는 결코 네슬레에 분유를 공짜로 달라고 하지 않았어. 제값을 주고 사려 했지.

― 장 지글러, 『왜 세계의 절반은 굶주리는가?』(갈라파고스)에서

하지만 네슬레는 아옌데 정권의 요구를 거절했습니다. 그 배경에는 미국이 있었죠. 아옌데 정권의 개혁 정책이 성공하면 미국 기업이 칠레에서 누려 온 많은 이익과 특권들이 침해받을까 두려웠던 거예요. 따라서 영양실조에 시달리는 아이들에게 분유를 배급하겠다는 아옌데의 공약은 물거품이 되고 말았습니다.

그 뒤 아옌데 정부는 어떻게 되었을까요? 대부분의 개혁은 어려움에 빠지고 심지어 군사 쿠데타까지 일어나면서 민주 정부는 종말을 고하고 말았습니다. 민주적인 국가가 기아 문제를 해결하기 위해 복지를 늘리려 했지만, 시장의 이익을 앞세운 세력에게 괴멸되고 만 것이죠.

앞에서 언급한 루소의 말을 다시 떠올려 봅시다. "약자와 강자 사이에는 자유가 억압이며 법이 해방이다." 기아로 굶주리는 약자

들에게 강자의 자유는 가장 끔찍한 억압입니다. 강자에게 자유가 주어지면 약자를 억압하고 이용할 테니까요. 약자에게 해방이란 강자의 자유를 법으로써 통제해야만 얻을 수 있는 것입니다.

오늘날 자본은 글로벌 시장을 자유롭게 이동하며 이윤의 극대화를 추구하고 있습니다. 투기 자본이 세계 곳곳을 자유롭게 돌아다니며 부동산과 금융 상품으로 막대한 이익을 거두고 있죠. 투기 자본은 인간의 생사를 결정짓는 곡물마저 표적으로 삼고 있습니다. 값싼 곡물을 사재기해 두었다가, 품귀 현상이 빚어지면 비싼 가격에 처분해 폭리를 취하는 식이죠.

최근 투기 자본가들은 아프리카에 그나마 남아 있던 기름진 땅마저 대거 사들이고 있습니다. 이곳에서 유럽인들에게 사시사철 공급할 과일과 채소를 재배하기 위해서예요. 유럽 소비자들의 식탁에 오를 값비싼 농산물을 기르기 위해 아프리카의 비옥한 토지가 소모되는 것입니다. 글로벌 금융자본에 땅을 내어 준 아프리카 현지인들은 식량을 자급하는 데 더 어려움을 겪게 될 것이 뻔해요. 자본의 자유가 가난한 이들에게는 경제적인 억압에 다름 아닌 셈입니다.

지나친 이기심과 불공정한 경쟁이 불러온 역사

이 책을 읽으면서 인간이 이토록 이기적일 수 있다는 사실에
실망스러웠습니다. 가난한 이웃을 짓밟으면서까지 잘살려는
인간의 이기심, 어떻게 생각하시나요?

세계적으로 볼 때 식량이 충분한데도 굶주림의 문제가 해결되지
않는 건 선진국의 이기심 때문이에요. 곡물 가격을 떨어뜨리지 않
기 위해 남는 곡식을 폐기하고, 아프리카 땅을 대거 매입해 유럽 사
람들에게 팔 값비싼 채소와 과일을 재배하다니, 참으로 안타까운
일이죠. 굶어 죽는 아프리카인은 안중에도 없는 것처럼 보이니까
요. 기아 문제는 부족한 식량 자원이 아니라 인간의 이기심에 의해
발생한 게 틀림없는 듯합니다.
　그렇다고 해서 인간의 이기심 자체를 부정적으로 보는 것은 지
나친 편견일 수 있어요. 또 모든 인간이 이타심만 가질 수는 없으

니, 인간이 지닌 이기심을 인정하고 어떻게 문제를 해결할지 생각해 보는 것이 현실적이죠. 게다가 인간의 이기심은 경제활동의 근간이 된다는 점에서 그 자체를 나쁘게 평가할 수는 없습니다. 인간은 사회가 원하는 재화를 만들어 팔아서 돈을 법니다. 이것은 경제활동의 기본 원리예요. 자신의 이익을 꾀하려는 욕망, 즉 이기심과 그로 인한 경쟁이 부족한 재화를 만들어 내는 원동력이 되는 것이죠. 이기심은 인류의 결핍을 해결해 주고 물질적 풍요를 선물한 측면이 있어요. 종교와 도덕이 지배하던 중세보다 돈 벌 자유가 허용된 자본주의사회가 물질적으로 훨씬 풍요로운 것만 봐도 이 사실을 알 수 있죠. 이기심 자체를 부정적으로 봐선 안 된다는 말입니다.

이기심 자체를 부정할 수 없다면, 무엇이 기아와 같은 끔찍한 문제를 일으켰을까요? 아무리 생각해도 인간의 지나친 이기심이 문제인 듯한데요.

지나친 이기심은 어떻게든 줄여야 합니다. 타인과의 공존이 필요하다는 도덕과 윤리를 더 강조해야 해요. 하지만 그렇게 한다고 해서 이기심 자체가 사라지지는 않을 거예요. 저는 이기심도 문제지만 이를 추구하는 과정에서 벌어지는 경쟁이 공정하지 않다는 데에 더 큰 문제가 있다고 생각해요.

오늘날 아프리카와 유럽이 경쟁하는 상황을 보면, 승자는 이미

정해져 있다는 사실을 알 수 있어요. 지금 아프리카 사람들이 상품을 아무리 열심히 만들어 낸들, 유럽에서 생산한 제품에 비할까요? 발달된 시장경제와 탁월한 기술력으로 무장한 유럽은 경쟁에서 늘 유리할 수밖에 없어요. 피나는 노력으로도 결과를 뒤바꿀 수 없다면 이는 공정한 경쟁이 아닙니다. 아프리카의 가난과 기아는 이기심 이외에 불공정한 경쟁 때문에 생긴 결과예요. 경쟁에서 이길 수 없는 아프리카는 기아 문제뿐 아니라 선진국들의 이기심으로 몸살을 앓고 있는 것입니다.

아프리카가 몸살을 앓고 있다니요. 좀 더 구체적으로 설명해 주세요.

아프리카의 많은 나라들은 여전히 가난합니다. 이들은 먹거리를 사기 위해 선진국들이 처치하기 곤란한 산업폐기물을 적은 돈을 받고 수입하고 있죠. 우리가 사용하던 컴퓨터와 휴대전화도 더 이상 쓸 수 없는 폐기물이 되면 아프리카로 팔려 나가요. 심지어 핵폐기물마저 아프리카에 버려지고 있는 실정이죠. 이렇게 되면 아프리카의 자연환경이 파괴되고 경작지는 황폐해질 것이며, 기근은 더 심해지는 악순환이 계속될 것입니다. 선진국이 산업화를 이루며 생활의 편리를 누리는 만큼, 아프리카는 더욱 오염되고 황폐해지게 되죠. 아무리 아프리카 사람들이 근면하게 노력한다 해도 불공정한 경쟁이 깨지지 않는 한 이 문제를 개선할 수는 없어요.

그렇다면 유럽을 비롯한 서구 사회가 그간의 잘못을 반성하는
차원에서라도 대규모 원조를 하면 어떨까요? 아프리카가 현재
상황에 이른 것은 제국주의 시절 유럽이 아프리카를 식민지로
만들었던 탓이 크니까요. 원조를 통해 불공정을 바로잡으면
좋을 텐데요.

선진국들이 지난날의 과오를 반성하는 입장에서든, 인도주의적
인 차원에서든 아프리카에 원조를 하는 것은 의무라고 생각해요.
그러나 유럽의 선진국들에 도덕적 책무를 강조해서 원조를 이끌어
내는 데에는 한계가 있어요. 자발적으로 원조한다면 좋지만 그걸
강제할 수는 없으니까요. 오히려 이 문제를 경제적인 관점에서 접
근하는 것도 방법이 될 수 있습니다. 원조를 하는 것이 선진국에도
이득이 된다는 점을 부각시키자는 거죠.
　선진국 입장에서도 기아 지역에 원조하는 것은 장기적으로 이
득이 될 수 있어요. 아프리카도 거대 시장 중에 하나니까 이 지역이
정상적인 소비 시장으로 성장하면 엄청난 호재가 생기는 셈이죠.
매력적인 교역 상대국의 탄생을 위해서라도 곡물 가격을 안정시키
고 아프리카의 기아와 가난 해결에 동참하는 게 좋겠다고 설득해
보는 것도 방법이지 않을까요?

교역 증대와 식량 주권 수호, 무엇이 우선일까?

교역에 대한 이야기가 나와서 말인데요. 교역을 통해 오히려
기근에 빠지는 경우도 있다고 하던데, 정말 식량 주권을
위협받는 경우가 있나요?

공정하지 않은 교역을 통해서 식량 주권이 위태로워지고 그것이
기근으로 이어지는 경우가 꽤 있어요. 현재 이 시점에도 전 세계의
교역 현황을 보면 식량 주권 침해가 심각한 수준에 이른 곳이 꽤 많
습니다. 식량 주권이란 국가에 어떤 위기가 닥쳐도 자급자족을 통
해 먹거리를 해결할 수 있는 능력을 뜻해요. 이것이 제대로 작동하
지 않으면 기아의 위협에서 안전하다고 할 수 없습니다.

그런데 상당수 국가가 부가가치가 높은 산업을 집중적으로 육성
하기 위해 국민의 생명줄인 농업을 희생시키고 있어요. 당장 우리
나라만 해도 공산품 수출을 위해 외국산 농산물 수입을 늘리고 있
으니까요. FTA(자유무역협정) 등을 통해 수출 공산품의 관세를 낮추
는 동시에 국내로 들어오는 수입 농산품의 관세도 그만큼 낮춰 문
호를 개방하는 거죠. 외국 농산물은 국내시장을 꾸준히 잠식해 현
재 우리나라의 식량 자급률은 24%밖에 되지 않아요. 그것도 쌀을
제외하면 턱없이 낮아지죠. 우리나라도 식량 주권을 온전히 지키고
있다고 할 수 없답니다.

자기 땅에서 식량을 생산해서 자급하는 것이 그렇게 어려운
일인가요?

2008년, 동남아시아의 필리핀에서는 최악의 식량난이 일어났어
요. 쌀값이 폭등하면서 국민들을 식량 위기로 몰아넣었죠. 처음에
는 이해가 잘 안 됐어요. 왜냐하면 필리핀은 기후 조건이 좋아서 삼
모작까지도 가능한 나라거든요. 절대로 식량 때문에 어려운 일이
생길 거란 생각을 할 수 없는 나라예요. 그런데 최악의 식량난이라
니요, 대체 어떤 일이 있었는지 궁금했죠.

원인은 값싼 태국산 및 베트남산 쌀의 대량 수입으로 자국 농업
에 대한 투자가 소홀해진 데 있었어요. 눈앞의 이익만 바라보다가
교역을 잘못한 경우죠. 결국 세계 최대 쌀 수입국의 하나로 전락한
필리핀은 식량 자급을 제대로 하지 못해 막대한 타격을 입었어요.
잘못된 교역이 비극의 불씨였다고 할 수 있습니다.

그런데 만약 식량 주권을 지키기 위해 교역에 소극적으로
임한다면, 우리나라처럼 제조업이 중심인 나라들은 수출 길이
막혀 경제가 어려움을 겪지 않을까요?

그렇죠. 수출 위주의 산업으로 유지되는 우리나라의 경우, 농업
을 지키려다가 수출산업에 타격을 입을 수 있어요. 우리 농산물을

보호하려고 수입 농산물에 지나치게 높은 관세를 부과하거나 수입량을 제한한다면, 우리가 만든 자동차, 선박 같은 수출품 역시 상대 국가의 수입 장벽에 부딪히게 될 테니까요. 협상의 어려움은 이런 데서 생깁니다. 우리 농산물은 지키면서 공산품은 그것대로 수출을 해야 하니까요.

이건 정말 기초적인 질문인데요. 교역이 그렇게 필요한 것인가요? 자급자족 경제처럼 내수에 의존해 살아가는 것은 불가능한가요?

그건 불가능하죠. 우선 우리나라는 국내 소비에 한계가 있어요. 물건을 만들어도 판매할 곳이 마땅하지 않아요. 이웃 나라 일본은 우리보다 인구가 두 배 이상 많기 때문에 국내 수요가 충분해서 수출을 적게 해도 경제가 원활히 돌아가지만, 우리 경제는 수출을 하지 않으면 큰 어려움에 봉착하게 됩니다.

그리고 모든 나라가 모든 재화를 잘 만들 수는 없어요. 기후와 기술력도 다르고, 가지고 있는 천연자원도 다르니까요. 따라서 분업을 통해 각자의 필요를 메꿔 줘야 하죠. 교역은 선택이 아니라 필수입니다. 만약 식량 주권을 지키기 위해 교역을 하지 않는다면, 우리나라는 세계경제에서 도태되고 말 것입니다. 더 좋은 물건을 더욱 저렴하게 이용하기 위해서는 반드시 교역을 해야 해요. 다만 식량을 어떻게 보호할 것인지에 대한 고민이 함께 이뤄져야 합니다.

정말 어려운 문제네요. 그러니까 교역을 반드시 해야 된다는
말씀이시죠?

교역을 하지 않을 수는 없어요. 19세기 조선이 어쩌다가 국력이
쇠퇴했을까요? 외국에 문호를 개방하지 않고 문을 꼭 걸어 잠근 채
동종 교배만 했기 때문입니다. 다른 나라로부터 배우지도 못하고
영향도 받지 않으니 발전의 계기가 없었죠.

　그런데 교역을 하더라도 반드시 보호해야 할 영역은 당분간 지
켜 줄 필요가 있는데, 국민의 삶과 직결된 식량 분야가 바로 그것이
에요. 식량 가격이 전 세계적으로 등락을 거듭해도 타격을 입지 않
을 정도의 안전장치는 반드시 마련해야 합니다. 장기적으로는 우리
나라 농산물이 세계시장에서도 가격 경쟁력을 갖출 수 있는 방안을
마련해야 하고요.

도덕은 어디에서 시작될까?

『왜 세계의 절반은 굶주리는가?』의 저자 장 지글러는 고통받는 사람들의 현실을 알려야겠다는 생각으로 책을 썼습니다. 타인의 고통을 외면할 수 없었던 것이죠. 비단 장 지글러뿐만이 아니라 사람들은 대부분 고통받는 타인을 보고 그냥 지나치지 못합니다. 때로는 허구로 구성된 소설을 읽으며, 때로는 안타까운 사연을 다룬 영화를 보면서도 눈물을 흘리죠. 그렇다면 어째서 우리는 고통받는 이웃들을 외면하지 못하는 것일까요? 이 질문에 가장 먼저 떠올릴 수 있는 대답은 아마도 '이웃의 고통에 공감하기 때문'일 것입니다.

사람은 누구나 자기 경험에 비춰 다른 사람을 이해하는 경향이 있습니다. 그러므로 고통받는 사람을 돕는 행위는 고통에 대한 직간접적 경험이 연민과 동정심을 불러일으킨 결과라고 볼 수 있습니다. 내가 겪을 수도 있는 고통을 타인이 실제로 겪고 있기 때문에 그 고통을 간접적으로 느낀다는 것이죠. 이런 생각을 정리한 학자가 영국의 철학자 데이비드 흄이에요. 그는 '인간의 도덕적 행위는 경험과 감정에서 비롯된다'고 보았죠. 아마도 우리가 느끼는 동정심의 대부분은 흄의 주장과 다르지 않을 것입니다.

그런데 이러한 흄의 주장에는 몇 가지 아쉬운 점이 있어요. 만약 고통을 한 번도 경험하지 않은 사람이 있다면 그에게는 고통에 공감할 능력이 없을 것이고, 따라서 그가 고통받는 사람을 그냥 지나치는 것은 당연한 일이 됩니다. 또한 감정이란 게 사람마다 다르고, 상황에 따라 달라진다는 점도 흄의 주장을 위태롭게 하죠.

예를 들어 쓰레기 더미에서 음식을 찾는 사람을 보고 어떤 사람은 가엾고 불쌍하게 여길 수 있지만, 어떤 사람은 불쾌하고 불결하다고 느낄 수도 있거든요. 이처럼 일관성 없는 감정에 기대어 도덕이 결정된다면 그 도덕은 상대적일 수밖에 없습니다. 상황에 따라 남을 도와줘도 되고 도와주지 않아도 된다는 논리가 성립하는 거죠. 과연 이런 도덕을 진정한 도덕이라고 할 수 있을까요?

흄의 도덕관을 비판한 독일의 철학자 임마누엘 칸트는 도덕이 상황이나 조건에 따라 변하지 않고 언제나 보편타당해야 한다고 보았습니다. 그래서 그는 도덕이 감정이 아닌 보편타당한 이성 위에 서 있어야 한다고 주장했죠. 또한 도덕은 경험에 의존하지 않고, 경험 이전부터 존재해야 한다고 역설했습니다.

칸트는 도덕법칙을 끌어내기 위해 '인간이란 어떤 존재인가'에 대해 고민했습니다. 칸트에게 인간은 다른 사물이나 동물과 달리 자연의 법칙으로부터 자유로운 존재였어요. 그러나 자유롭다고 해서 규칙이 없는 것은 아닙니다. 칸트는 인간이 삶을 살아가면서 두 가지 명령법에 따른다고 보았습니다. 바로 '가언명령'과 '정언명령'이에요. 가언명령은 '대학 가려면 공부해라'처럼 다른 조건이나 목적이 수반되는 명령을 의미하고, 정언명령은 어떠한 목적이나 의도가 없는 순수한 이성의 명령을 말합니다. 칸트는 바로 이 정언명령 위에 도덕을 세우고자 했습니다.

그는 정언명령에 대해 다음과 같이 말했습니다. "네 의지의 준칙이 언제나 동시에 보편적 입법의 원리가 될 수 있도록 행위하라." 조금 어렵죠? 쉽게 말하면 '원하는 대로 자유롭게 살되, 그것을 반드시 누구에게나 권할 수 있어야 한다'는 뜻입니다. 돈을 벌기 위해 사기 치는 상황을 가정해 보죠. 만약 이 준칙을 다른 사람들도 모두 따른다면 어떻게 될까요? 사기가 보편적 입법이 된다면 이제 그 누구도 사기의 목적을 달성할 수 없게 될 것입니다. 사기의 목적은 남을 속이는 것인데, 이를 남에게 권해서 모두가 사기꾼이 된다면 그 누구도 사기로 돈을 벌 수 없겠죠. 내가 사기 칠 것을 상대방도 미리 알고 있을 테니까요.

반대로 친구가 물에 빠지면 반드시 돕는다고 가정해 보죠. 이 준칙을 다른 사람들도 모두 따른다면 어떨까요? 그 행위는 위기에 빠진 모든 인간을 구원하게 될 것입니다. 이것이 정언명령이 갖는 도덕적 가치죠. 정언명령을 따른다면 감정에 따라 도덕이 좌우되는 일은 없을 것입니다. 물론 칸트의 생각에도 한계는 존재해요. 세상은 냉혹해서, 칸트의 생각대로 모든 사람이 행동하지는 않거든요. 하지만 도덕을 견고하고 단단한 기초 위에 세우고자 했던 그의 노력은 높이 평가해야 할 거예요.

그러면 『왜 세계의 절반은 굶주리는가?』와 관련지을 때, 정언명령은 무엇인지 생각해 볼까요? 그것은 '세상 모든 사람들이 굶주리는 사람을 도와야 한다'는 명령이 될 것입니다.

BOOK 2

인류학, 지구를 읽는 매뉴얼
『어느 외계인의 인류학 보고서』

    °만약 먼 우주에서 외계인이 지구를 찾아온다면 우리는 어떻게 대처해야 할까요? 할리우드 영화에 등장하는 것처럼 외계인들이 인류를 공격할 것이 분명하니 우리도 무력으로 저항해야 할까요? 아니면 외계인들과의 평화로운 공존을 모색하는 것이 좋을까요? 영화 속에서라면 온갖 히어로들이 등장해 외계인에게 맞서 싸울 테지만, 영화가 아니라 실제 현실이라면 무모하게 맞서는 일은 피해야 합니다. 그들이 어떤 힘과 에너지를 가졌는지 알 수 없으니까요. 그리고 그들과 의사소통하기 위해 최선의 노력을 다해야겠죠. 가장 먼저 그들의 언어를 이해하고 문화를 파악해야 할 거예요.

물론 우리도 그들에게 우리의 언어와 문화를 전달해 주어야 하고요. 그래야만 서로를 이해하고 존중하는 분위기가 형성될 수 있을 것입니다.

그런데 만약 우리가 상대방에게 우리 자신을 잘못 이해시키면 어떻게 될까요? 반대로 상대의 언어와 문화를 이해하지 못한다면 어떤 일이 벌어질까요? 서로 오해와 갈등이 조금씩 쌓이다가 마침내 다툼이 생기고, 우주 전쟁이 일어날 수도 있을 것입니다. 이런 일은 외계인이 지구에 오는 것처럼 대단한 일이 아니라, 작게는 집단과 집단, 지역과 지역, 넓게는 민족과 민족, 국가와 국가 사이에서도 얼마든지 일어날 수 있습니다.

이런 오해와 갈등의 불씨를 처음부터 방지하기 위해서는 자기중심적인 사고방식에서 벗어나 자신이 속한 공동체, 더 나아가 인류 전체를 객관적으로 성찰하는 시선이 필요합니다. 이처럼 인류의 삶과 문화를 되돌아보고 스스로를 객관적으로 성찰하며 서로의 공존을 모색하는 학문을 '인류학'이라고 합니다. 이경덕의『어느 외계인의 인류학 보고서』는 일반인과 청소년들이 인류학을 쉽게 이해하는 데에 도움을 주는 책입니다. 이 책은 인류학의 성격과 관점을 효과적으로 전하기 위해 다른 별에서 온 외계인을 화자로 등장시켜요. 철저한 관찰자 시점으로 인류를 탐색하여 그에 관한 보고서를 작성하는 방식으로 서술되고 있죠.

외계인의 눈에 비친 인류의 모습은 어떨까요? 아마 한마디로 정의를 내리기 어려울 것입니다. 왜냐하면 각 지역마다 서로 살아가는 방식에 큰 차이가 있기 때문이에요. 북극에서 살아가는 이누이트와 아마존 열대우림에서 살아가는 원주민의 삶이 무척 다르고, 문명사회에서 살아가는 도시인들은 또 이들과는 삶의 방식이 전혀 다르거든요. 그렇다면 인류에게는 공통점이 없을까요? 인류를 설명할 수 있는 말은 무엇일까요? 핵심을 요약하자면 '인류는 환경에 매우 민감한 존재이며, 각기 다른 환경에 적응하여 다양한 삶의 형태를 이룬 존재'라는 것입니다. 사는 곳에 따라 생활양식에는 차이가 있지만, 인류는 환경에 적응해 살아가는 존재라는 공통점을 지니고 있어요.

인류학은 인류의 각종 생활양식이나 제도를 '환경에 적응하는 과정에서 생겨난 결과물'이라고 규정합니다. 각각의 인류가 영위하는 생활양식과 제도에는 공통점이 있지만 커다란 차이도 존재합니다. 인류학은 이러한 차이에는 집단의 다양한 특질과 환경이 반영되어 있다고 봅니다. 어느 것이 더 우수하고, 어느 것이 더 열등한지 따질 이유가 없다는 것이죠.

그런데 사실 서구 사회에서 한창 식민지 쟁탈전이 벌어지던 제국주의 시절에는 문화의 우열을 따지는 일이 있었습니다. 그 시절 인류는 진보와 야만이라는 잣대로 각 집단의 문화 수준을 평가했어요. 서구 사회의 문화는 우수한 반면, 비서구권의 문화는 수준이 낮다는 인식이 대표적이었죠.

당시 사회 전반을 지배하고 있던 사회진화론*은 이러한 사고를 뒷받침하며 초기 인류학에도 영향을 주었습니다. 그러나 오늘날의 인류학은 기존의 인식에서 탈피해 다양성을 존중하며 인간을 더욱 입체적으로 연구하고 있습니다.

이 책에는 다양한 인류의 생활양식이 소개되어 있는데 그중 결혼 제도를 잠시 살펴보겠습니다. 지구상에 존재하는 결혼의 형태는 크게 세 가지로 생각할 수 있어요. 일부일처제, 일부다처제, 일처다부제가 그것입니다. 현대사회에서 보편적인 결혼의 형태는 일부일처제입니다. 이런 이유로 일부다처제나 일처다부제에 대한 막연한 편견이 존재하기도 하죠. 야만적으로 느껴질 때도 있고요.

하지만 인류학에서는 결혼의 형태도 그 지역의 삶의 조건과 큰 연관성이 있다고 봅니다. 아프리카에 파견된 어느 선교사가 한 마을에 기독교를 포교하고 난 뒤, 마침내 부족장에게 세례식을 할 때였습니다. 그때 선교사는 문득 기독교인이 되면 일부일처제를 받아들여야 한다는 사실을 떠올리고는 이 점을 부족장에게 일깨워 주었습니다. 그러자 부족장은 한참을 고민하더니, "나는 그대들의 신이 좋다. 하지만 신을 섬기기 위해 내 아내들의 명예를 더럽히고 그녀들이 버림받게 놔둘 수는 없다."라며 세례를 거부했다고 합니다. 어

●   사회의 성격을 생물학적 유기체에 비유하여, 사회도 자연과 마찬가지로 적자생존의 원리에 따라 진화한다는 학설이다. 나중에는 인종주의로 변질되어, 인간 사회에는 유전적으로 우월한 인종이 존재하므로 그런 인종을 통해 사회가 높은 단계로 진화한다고 주장하였다.

째서 이런 일이 벌어졌을까요? 그건 아프리카처럼 부족 사이에 전쟁이 자주 일어나서 인구가 줄어드는 지역에서는 일부다처제가 불가피한 선택이었기 때문입니다. 더 많은 여인들이 임신과 출산을 해야 부족을 유지할 수 있었던 것이죠.

이와 반대로 생존 조건이 열악해서 인구를 억제해야 하는 오지에서는 일처다부제를 선택하기도 합니다. 인구를 줄일 수 있는 방법이니까요. 이처럼 결혼 제도는 그 지역의 특수성과 연관된 경우가 대부분으로, 진보와 야만의 문제로 그 우열을 판단할 수 없습니다. 최근에는 개인의 행복과 다양성이 중시되면서 동성 결혼 허용과 독신 증가 추세가 뚜렷해지고 있는데, 이러한 흐름도 인류 문화가 그만큼 다양해지는 현상으로 이해할 수 있습니다.

결혼과 마찬가지로 종교 역시 인간을 둘러싼 환경의 영향을 받으며 발전해 왔습니다. 이슬람교는 타 종교와 달리 돼지고기를 금기시하는데, 여기에는 중동 지역의 기후가 배경으로 작용했다고 합니다. 대체로 돼지는 체온조절 등을 위해 물을 많이 먹는 가축으로, 물이 귀한 중동에서 사육하기에 적합하지 않아요. 그러니 돼지를 많이 키우면 중동 사람들의 삶마저도 위태롭게 되죠. 자연스레 종교로 인하여 돼지고기를 금기시하는 문화가 만들어지면서, 귀한 물을 아껴 쓰고 공동체의 이익을 도모할 수 있었습니다.

힌두교에서 소를 숭배하는 것도 같은 맥락에서 이해할 수 있어요. 대부분의 국민들이 힌두교를 믿는 인도는 농사를 중시하는 나라입니다. 들판은 넓고 일은 많으니, 소를 함부로 잡아먹는다면 농사를 제대로 지을 수 없겠죠. 그래서 소를 보호하기 시작한 것이 힌두교 교리의 배경이 되었습니다. 이처럼 종교에는 자연에 적응하는 인간의 태도가 스며 있으므로, 그 내용을 가지고 옳고 그름을 따지는 것은 바람직하지 않겠죠? 이 같은 인류학의 관점을 적용하면 종교 갈등도 지금보다 훨씬 덜하지 않을까 합니다.

인류학이 문화를 평가할 때 우열의 잣대를 들이대지 않는 이유가 또 있습니다. 바로 이러한 기준이 생기는 순간 인류에 엄청난 재앙이 올 수 있기 때문이에요.

태평양 한가운데에 자리한 이스터섬. 이곳에는 사람의 얼굴 모양을 한 거대 석상 '모아이(Moai)'들이 우뚝 서 있습니다. 불가사의한 석상들은 그 기원을 알 수 없어 한때 외계인이 남기고 간 유물로 추정되기도 했죠. 그러다가 훗날 연구를 통해 과거 섬에 거주한 부족들이 만든 것이라는 사실이 밝혀졌습니다. 그렇다면 이 석상은 왜, 어떻게 만들어진 것일까요?

… 그들이 보기에 이스터섬은 낙원이었다. 기름진 토지와 풍부한 식량이 있고, 외부의 침입에서 차단된 안전한 섬이었다.

세월이 흘러 안락함을 누리는 과정에서 인구가 늘어났을 것이다. 어느 사회든 인구 증가는 사회를 압박하는 가장 큰 원인이 된다. 인구는 한번 늘기 시작하면 기하급수적으로 늘어난다. 남

녀 두 부부에서 시작해 3대만 내려가면 몇십 명으로 늘어나기
십상이다.

인구가 증가하면서 여러 씨족으로 분리되고 씨족들 사이에서 갈
등과 경쟁이 일어났을 것이다. 이들은 자기 씨족의 우월함을 표
현하기 위해 석상을 만든 것으로 추측된다. 한쪽이 석상을 만들
자 다른 한쪽은 더 큰 석상을 만들고…. 이렇게 석상은 점점 커
져 갔다.

…

이스터섬에서는 이렇게 서로 힘을 과시하는 과정에서 수많은 야
자나무가 잘려 나가 숲이 사라지고 새들이 사라져 갔다. 숲이 사
라지자 숲 사이로 흐르던 시냇물도 마르고 기름지던 땅은 척박
해졌다. 또한 숲의 나무가 줄어들자 배를 만들기 힘들어졌고, 그
들의 식탁에 오르던 고래를 비롯한 물고기와 새도 크게 줄어들
었다.

　　　　　— 이경덕, 『어느 외계인의 인류학 보고서』(사계절)에서

이처럼 당시 부족들에게 석상은 치열한 경쟁과 갈등의 산물이었
습니다. 거대한 석상을 많이 보유할수록 우월하다는 인식이 번지면
서 괜한 경쟁과 갈등이 생겨난 것이죠. 결국 평화롭고 살기 좋았던
섬은 석상을 둘러싼 경쟁이 화근이 되어 인구가 급격히 감소하고
황량한 섬으로 변모해 버렸습니다. 이스터섬의 예에서 보듯이, 누

가 더 나은지 경쟁을 일삼는다면 결과는 파멸일 것입니다.

오늘날 세계는 인터넷 등의 영향으로 진정한 하나의 공동체로 나아가고 있습니다. 이른바 '글로벌 시대'가 열린 것이죠. 이와 더불어 관광 여행, 해외 사업, 이민, 유학 등이 늘면서 낯선 문화를 체험할 기회가 많아졌어요. 따라서 각기 다른 문화를 가진 여러 집단이 더불어 살아가는 노하우도 갈수록 중요해질 것입니다. 인류학은 이러한 시대 요구에 부응하는 학문이기도 해요. 타인을 통해 '나'를 성찰하고 서로 다른 문화끼리 공존하기 위해서, 인류학은 더없이 중요하게 여겨져야 할 것입니다.

인류학의 탄생, 인류학의 배반

이 책을 보면, 인류학의 범위는 대단히 넓은 것 같아요.
구체적인 예를 들어 인류학의 범위를 설명해 주세요.

인류학은 연구 분야가 무척 광범위한 학문입니다. 우선 역사적으로 보면 아주 오래전 인류가 등장하기 시작한 그때부터 모든 것이 인류학의 대상이 된다고 할 수 있어요. 예를 들어, 고대인의 화석 뼈를 연구하거나(고인류학), 트로이나 폼페이 같은 고대 도시를 발굴하고(고고학), 북아메리카 인디언의 언어와 문화·사회의 관계를 연구하고(언어학의 일종), 남아메리카 부족들의 신화를 연구하는 (신화학의 일종) 것도 인류학에 포함되죠.

인류학은 인류를 비롯해 각종 문화의 기원과 특질 등을 연구하는 학문이다 보니 그 범위가 넓을 수밖에 없습니다. 앞에서 언급한 것 이외에도 환경과 관련해 지리학도 공부해야 하고, 정치와 사회

제도를 포함해 역사까지도 잘 알아야 제대로 된 인류학을 할 수 있죠. 여기에 고대의 유물이나 유적을 분석하려면 방사성탄소 연대법과 같이 자연과학적인 기술도 빼놓을 수 없겠네요. 인류학은 여러 장르가 융합되어 있는 학문이라 말할 수 있습니다.

인류학을 매우 긍정적으로 말씀하셨는데요. 강대국이 식민지를 개척할 때 인류학이 도구로 활용되었다는 지적도 있는데, 이 점에 대해서는 어떻게 생각하시나요?

그런 일이 전혀 없었다고 말하면 거짓말이겠죠. 본래 인류학적인 관심은 고대 그리스 시절부터 존재했습니다. 당시 그리스인들은 피부색과 얼굴 생김새, 언어, 풍속, 습관 등이 자신들과 다른 이민족에 대해 기록해 두었는데, 이런 시도가 인류학적인 기원이라고 할 수 있습니다. 그 후 오랜 시간이 흐른 16세기, 유럽인들은 세계 각지로 진출하게 되었고, 그곳에서 발견한 미개인이나 미개사회에 흥미와 관심을 보였죠. 그런 가운데 19세기에 진화론이 대두되면서 화석인류와 그 문화에 대한 연구가 급속한 진전을 보였고, 그 결과 근대적인 인류학이 모습을 드러냈습니다. 인류의 기원과 문화, 역사에 대한 호기심이 학문적인 체계를 이룬 것이죠.

그런데 인류학이 발달한 시기는 유럽의 제국주의가 한창인 19세기 무렵이었습니다. 유럽인들이 발달된 자본주의와 과학기술을 앞

세워 경쟁적으로 아시아와 아프리카 영토를 식민지로 삼던 시절이
죠. 당시 강대국들이 침략의 명분으로 내세운 것은 미개한 땅에 발
달된 문명을 들여와 진보를 이룩하겠다는 것이었어요. 자신들의 침
탈을 마치 신성한 의무인 양 포장한 것입니다. 그때까지만 해도 인
류학은 오늘날과 달리 인류 문화의 발전 단계를 구분하는 데 집중
하고 있었습니다. 이에 따라 자연스럽게 문명의 우열이 규정됐고,
이것이 제국주의의 지배 논리를 정당화하는 데 악용됐죠.

그렇다면 선진국에서 인류학이 발달한 것도 그런 이유
때문인가요?

그런 면이 없지 않아요. 과거 식민지 지배 경험이 있는 나라일수
록 오늘날 인류학이 발달해 있는 게 사실이죠. 이웃 나라 일본만
해도 제국주의 시절에 인류학적 시도가 꽤 있었습니다. 심지어 신
라 때 노래인 향가를 일본인 학자가 우리보다 먼저 연구했을 정도
니까요.
　제 생각에 모든 학문은 시대적 환경에 민감할 수밖에 없습니다.
우리 인간이 환경의 영향을 받으며 살아가듯, 학문 역시 한 시대의
사상과 문화 등 다양한 요소와 호흡하며 발달하기 때문이죠. 인류
학의 초기 모습도 이런 맥락에서 우리가 이해하고 받아들일 필요
가 있어요. 제국주의가 한창인 시절에는 다윈의 진화론이 보편적인

상식으로 통했습니다. 이에 영향을 받아 사회진화론이 발달하면서 '사회적으로 우월한 국가가 열등한 국가를 지배해야 한다'는 사고가 널리 퍼졌죠. 인류학은 처음에는 이러한 사상적 토대 위에서 발달한 면이 있어요. 그러다 보니 오늘날의 관점과는 다를 수밖에 없습니다. 이 같은 사실은 비단 인류학에만 해당되는 것이 아닙니다. 심리학, 사회학, 자연과학 등 모든 학문이 시대상에 따라 변화하게 마련이에요.

그러면 인류학은 그 후 어떻게 변화했나요?

시대의 흐름에 따라 인류학의 방향도 변화하기 시작했어요. 그 계기가 된 사건은 대공황(1929)과 제2차 세계대전(1939~1945)이었습니다. 이 두 사건을 거치면서 서구 유럽의 생활양식에 대한 전반적인 성찰과 반성이 이루어졌죠. 가장 우수하게 여겨 왔던 문물과 제도가 인간을 희생시키는 야만적인 사건으로 끝맺자 서구 문명이 최선이 아니라는 사실을 깨달았던 거예요.

인류학은 이러한 성찰의 과정을 겪으면서 문화상대주의를 강조하는 쪽으로 새롭게 변화했습니다. 그리고 인류학에서 싹튼 상대주의적 사고는 이후 사회학, 역사학은 물론 자연과학에 이르기까지 다방면에 영향을 끼쳤죠. 그 덕분에 남녀평등 사상, 다양성 존중, 상대주의적 과학관 등이 무르익었고, 상대주의적 세계관이 형성됐어요. 인간 사회의 지적 풍토를 마련해 주는 학문이란 점에서 인류학의 가치는 영원불변하다고 생각합니다.

인류학의 눈으로 바라본 결혼과 가족

이 책이 외계인이라는 이방인을 내세워, 인류의 경제·종교·정치·결혼 등을 최대한 객관적으로 전달하려 한 구성은 참신했습니다. 그런데 결혼에 대한 이야기는 좀 이해가 안 갔어요. 결혼이 집단 사이의 관계에서 이루어진다니요. 결혼은 사랑하는 사람끼리 같이 살고 싶은 마음 때문에 하는 게 아닌가요?

사랑은 결혼을 위한 필수 조건은 아닙니다. 사랑해서 결혼한다면 더없이 바람직하겠지만 사랑으로만 결혼하는 것은 절대 아니에요. 현대사회에서도 사랑해서라기보다 주위의 소개와 권유, 여러 가지 조건으로 인해 혼인하는 경우도 적지 않습니다. 결혼이 개인 간의 사랑의 결실이기보다는 집단 유지 기능에 충실한 제도일 수 있다는 말입니다. 일부다처제와 일처다부제의 성립 배경도 그렇고, 일부 국가의 지참금 문화도 그렇습니다. 결혼 제도는 사랑보다는 사회적 필요에 따라 그 형태가 결정되어 왔다고 할 수 있어요.

우리나라만 해도 과거에는 결혼을 가문 간의 결합이라고 해서, 정작 당사자들은 얼굴도 보지 못한 채 혼례를 올리는 일이 많았어요. 서로 사랑하는 사람끼리 자유롭게 연애하다가 결혼에 이르는 것은 우리나라도 100여 년 전부터나 가능했죠. 이처럼 결혼은 사회적인 요소가 크게 작용하는 문화입니다. 최근 우리 사회에 개인주의적인 성향이 도드라지면서 결혼에 대한 사회적 필요가 과거보다 줄었어요. 1인 가구가 증가하면서 결혼은 필수가 아닌 선택이 되어가고 있죠.

결혼이 사회적 필요에 의한 것이라니 조금 서글퍼집니다.
사회적 의미를 빼면 결혼이 지닌 의미는 없는 것인가요?

결혼을 사회적 필요로만 생각한다면 정말 삭막하겠죠. 특히 인도에서 벌어지는 지참금 분쟁을 보면, 결혼을 마치 장사처럼 거래로 생각하는 것 같아 마음이 아픕니다. 지참금 때문에 살인까지 벌어지는 인도의 결혼 문화는 가히 충격적이죠.

아무리 결혼이 사회적 제도라 해도 결혼은 그 자체로 숭고한 가치를 지니고 있습니다. 결혼은 인류의 근간을 이루는 중요한 문화죠. 우리 인간은 결혼을 통해 가족을 만들고, 이로부터 안정과 지지를 보장받으며 살아갈 힘을 얻습니다. 만약 결혼과 가족이라는 개념이 없다면 어떻게 될까요? 공동 출산과 육아, 교육이 이루어진다

해도 가족 개념이 없으면 개인주의가 지금보다 훨씬 팽배할 것입니다. 법률과 제도로 사회질서를 유지한다고 한들 인간적인 정과 신뢰를 쌓기 어렵겠죠. 사랑하는 남녀가 결혼을 하고 아이를 낳아 가정을 이루고 그 가정이 사회의 기본단위가 되어야만, 사회적으로도 끈끈하고 안정적인 연대를 형성할 수 있습니다.

결혼과 가족의 의미가 여전히 존재할 수 있다니 다행입니다.
그런데 요즘 뉴스에서 자주 접하는 사회적 비리나 부정을
살펴보면 그 이유가 가족 때문인 경우가 적지 않아 보입니다.
이 점에 대해서 어떻게 생각하시나요?

결혼을 해서 가족을 이루고 살아갈 때 가장 경계해야 할 것은 지나친 가족주의라고 생각해요. 사람들은 결혼을 하고 가정을 이루면 대부분 자신과 가족의 이익을 우선시하는 경향이 생깁니다. 우리 사회의 병폐인 병역 비리나 입시 부정, 위장 전입, 각종 투기와 탈세 등의 범죄를 보면, 결국은 가족 이기주의가 원인이 된 경우가 많죠. 가족에 대한 지나친 사랑이 이기심과 탐욕을 부채질하는 것입니다. 철학자 플라톤은 이를 일찍감치 간파하고 부모 대신 사회가 공동육아를 해야 한다고 주장하기도 했어요. 이로써 가족에 대한 집착이 사라지면 지나친 욕심으로 사회가 병드는 것을 막을 수 있다고 보았죠. 플라톤의 견해에 동의할 순 없지만 그의 견해를 무시

할 수만은 없습니다. 가족 이기주의가 그만큼 지나치니까요.

한 가지 덧붙이자면, 가족 구성원 간의 역할 개념에도 변화가 필요하다고 봅니다. 현대사회 가족의 모습을 보면 서로에게 너무나 많은 의무를 강요하고 있어요. 그 결과 부모는 자식의 자유를 지나치게 억압하고, 자식은 부모에게 너무 큰 희생을 바라고 있죠. 가족이 부양이나 양육의 책임에서 벗어나 보다 유연한 공동체로 거듭나면 좋겠습니다. 인류의 현재를 가장 치열하게 고민하는 인류학이 여기에 바람직한 기준을 제시해 주길 손꼽아 기다려 봅니다.

낯선 '너'를 통해 '나'를 깨닫다

오늘날 인류는 인간이 아닌, 지구 밖의 존재를 어떻게 바라볼까요? 지구 밖에 생명체가 있다면 그것을 객관적으로 관찰하고 검증하겠지만 현재까지 지구 이외에서 어떤 생명체도 발견하지는 못했습니다.

그러면 인류는 지구 밖의 존재와 관련해 아무 생각이나 관점도 지니지 않았을까요? 그렇지는 않습니다. 인류는 허구적인 상상으로 오랫동안 외계인의 존재에 대해 생각을 거듭해 왔습니다. 그것들이 때로는 소설로, 때로는 영화로 만들어졌죠. 그동안 인류가 만든 영화 속에서 외계인이 어떻게 그려졌는지 잠시 살펴보겠습니다.

미지의 외계인을 다룬 작품들은 대체로 두 가지 유형으로 분류할 수 있어요. 하나는 리들리 스콧 감독의 〈에이리언〉(1979)처럼 외계인을 공포와 두려움의 대상으로 그린 것이고, 다른 하나는 스티븐 스필버그 감독의 〈E. T.〉(1982)처럼 낭만적인 대상으로 그린 것이죠. 두 작품 모두 꽤 오랜 시간이 흘렀지만, 이후 제작된 비슷한 소재의 영화들이 선보인 외계인의 모습도 기존의 두 유형에서 크게 벗어나지 않습니다. 〈인디펜던스 데이〉, 〈스타쉽 트루퍼스〉, 〈우주 전쟁〉, 〈라이프〉 등에서는 괴기스럽고 공포를 유발하는 존재로 묘사하고, 〈맨 인 블랙〉이나 〈엄마는 외계인〉, 〈콘택트〉 등에서는 평화와 공존을 지향하는 낭만적인 존재로 그리고 있죠.

두 유형의 외계인은 정반대의 모습을 하고 있는 것 같지만, 낯선 존재로 표현되었다는 사실만큼은 공통적입니다. 그런데 외계인에 대한 이런 극단적인 시각은 과거 유럽인들이 동양을 바라보던 시선과 어딘가 흡사해 보입니다. 과거에 유럽인들은 동양과 동양인을 무척 야만적인 존재로 취급하면서, 다른 한편으로는 매우 신비롭게 여기며 동경하기도 했거든요. 그런데 사실 이러한 이중적 시선에는 제국주의 시절, 서양이 동양에 대해 보여 준 '오리엔탈리즘'이 담겨 있습니다.

오리엔탈리즘은 원래 부정적인 뉘앙스를 담고 있는 말로, '동양에 대한 서양의 왜곡된 인식과 태도'를 뜻해요. 이러한 인식과 태도는 이들의 침략과 지배를 정당화하는 데 이용됐죠. 야만적인 동양을 문명화시킨다는 명목이 한 가지였고, 신비로운 동양을 경험해 보고 싶은 욕구가 또 다른 동기가 되었어요. 외계인에 대해 인류가 취하는 태도 역시 극단적이고 배타적이라는 점에서 오리엔탈리즘과 유사해 보입니다.

그렇다면 왜 인간은 존재 여부도 확실치 않은 외계인에 대해 이런저런 규정을 하고 있는 것일까요? 그래 봤자 아직은 인간의 편견이 만든 상상에 불과한 수준인데 말이죠. 사실 외계 생명체에 대해서는 고대 그리스 철학자인 아리스토텔레스를 비롯해 근대 철학자인 로크나 칸트도 언급한 바 있습니다. 하지만 이는 존재 가능성에 대한 짧은 견해 정도였어요. 외계인에 대한 풍문이 늘어나고, 이것이 문화 콘텐츠로까지 확장된 것은 어디까지나 현대에 와서부터입니다.

현대사회에서 과학기술이 급속하게 발달하자 우주에 대한 탐색이 본격화됐습니다. 수많은 비행체가 우주 공간으로 날아갔고, 천체물리학의 대상도 수십억 광년에 이르는 공간으로 확장됐죠. 그에 따라 우주를 보는 시각도 넓어졌습니다. 그런데 그 숱한 관찰과 시도에도 불구하고 인류는 아직까지 단 한 번도 인간과 비슷한 지적 생명체를 발견하지 못했습니다. 탐사를 할수록 오히려 그 존재 가능성이 희박하다는 사실만 확인했죠.

독일의 철학자 하이데거는 "모든 관계의 완전한 단절은 죽음이며, 인간은 죽음에 대한 불안을 극복하기 위해 자기 존재를 확인하려는 욕구를 지닌다."라고 했습니다. 외계인에 대한 간절한 관심도 여기에서 그 이유를 찾을 수 있지 않을까 합니다. 아무리 둘러봐도 온 우주에 관계 맺을 존재가 하나도 없어 보이는 데서 오는 고독감, '광활한 우주에서 홀로 살아가는 인간이란 과연 어떤 존재인가' 하는 의구심, 그에 따른 불안감이 인류로 하여금 미지의 외계인을 끊임없이 불러내도록 하는 것은 아닐까요? 마치 '나'를 알기 위해 인류학이 낯선 '너(타인)'를 연구한 것과 마찬가지로 말이죠.

BOOK 3

가난한 이들과 함께하는
착한 기술, 적정기술
『소녀, 적정기술을 탐하다』

　°일본계 미국인인 켄타로 토야마는 독특한 이력의 소유자입니다. 그는 하버드대학교에서 물리학을 공부하고, 예일대학교에서 컴퓨터공학 박사 학위를 받은 뒤 마이크로소프트사에 입사하여 오랫동안 멀티미디어 연구를 수행한 매우 뛰어난 공학자입니다. 그는 첨단 기술을 이용하면 인간 사회가 보다 좋은 방향으로 나아갈 수 있다고 믿었죠. 그런데 어느 순간 기술의 혜택이 모든 이들에게 돌아가는 것은 아니라는 사실을 깨달았습니다. 아무리 좋은 백신이 개발되어도 여전히 세계 곳곳의 많은 아동들이 폐렴으로 목숨을 잃고, 소셜 미디어가 존재함에도 부당한 권력에 맞서 시위 한 번 제대

로 못하는 사회를 보며 기술이 전부가 아니라는 사실을 느낀 것이죠. 이후 켄타로 토야마는 기술 혁신이 아니라 기술을 받아들이는 사회와 인간, 그리고 정책의 중요성을 느끼며 개발도상국 등의 빈곤 계층을 돕기 위해 노력하고 있습니다.

흔히 사람들은 기술 발전이 인류의 삶을 크게 변화시켜 편안하고 안락하게 살 수 있을 것이라고 생각해요. 첨단 기술을 개발하는 기업과 연구소들은 기술이 인류 사회에 공헌할 것이라 믿으며 밤낮없이 연구실에서 개발에 몰두하죠. 그러나 첨단 기술은 누구나 누릴 수 있는 기술이 아닙니다. 이를 누릴 만한 지식과 문화, 자본 등이 필요해요. 그것들이 갖춰지지 않는 한 아무리 첨단 기술이라 해도 무용지물에 불과합니다. 조승연의 『소녀, 적정 기술을 탐하다』는 이런 문제의식에 답을 제시해 주고 있습니다. 놀랍게도 책의 저자는 글을 쓰던 당시 중학생이었다고 해요.

그럼 가장 먼저 기본적인 질문부터 해 볼까요? 인류는 왜 기술을 개발하는 것일까요? 또 새롭게 탄생된 기술은 어디에 쓰이고 있을까요? 우리는 종종 뉴스에서 신약을 개발했다거나 신기술이 적용된 자동차, 휴대전화가 출시됐다는 소식을 듣고는 합니다. 또한 기업과 정부에서는 R&D(research and development) 분야에 앞으로 투자를 활성화하겠다는 계획을 발표하기도 하죠. 기술 개발을 위해 연구를 하겠다는 것입니다.

마치 속도전을 방불케 하는 기술 개발은 우리나라뿐 아니라 전 세계적으로 이루어지고 있어요. 그러다 보니 사람이 기술에 도움을 받는다기보다 새로운 기술을 누리기 위해 노력해야 하는 상황이 종종 생깁니다. 그런데 앞에서 말했듯이 첨단 기술들을 누리기 위해서는 많은 비용이 필요해요. 기술을 개발할 때 막대한 연구 개발비가 들었을 테니 뛰어난 기술일수록 가격이 높은 건 당연한 일입니다. 이렇게 보면 기술 개발은 기업이나 국가의 이익을 창출하기 위해 이루어진다고 할 수 있어요. 인간의 보편적인 삶을 향상시키는 것 외에 이윤을 늘리는 것이 기술 개발의 목적이 되는 거죠.

기업에서 주도하는 기술 개발은 대체로 고부가가치 기술입니다. 이윤을 창출하는 것이 기업의 목적이니까요. 따라서 기업은 경제적 능력을 갖춘 계층을 위해 기술 개발에 나섭니다. 이들이 부가가치가 높은 상품을 소비해 줄 수 있기 때문이죠. 그렇다면 가난한 사람을 위한 기술은요? 안타깝게도 그런 기술에 관심을 갖는 기업은 그다지 많지 않습니다. 정부도 고부가가치 산업에는 투자도 하고 관심도 갖지만 가난한 이들을 위한 기술에는 크게 관심을 갖지 않죠. 정말 가난한 이웃을 위한 기술은 없는 것일까요?

이 책을 쓴 승연 학생은 어느 날 학교에서 마련한 특강을 들었습니다. 대학에서 산업경영학을 가르치는 교수님의 특강이었죠. 특강의 주제는 '여러분은 누구의 이웃이 되어 주고 있습니까?'라는 내용으로, 산업경영과는 거리가 멀어 보였습니다. 교수님의 특강은 기독교 성서에 등장하는 한 이야기로 시작하고 있었습니다.

예수께서 제자들과 사람들에게 '네 이웃을 사랑하라'고 전하던 중이었습니다. 그러자 누군가 물었어요. "대체 선생님이 말하는 이웃은 누구입니까?" 예수는 강도를 만나 심한 상처를 입은 사람의 이야기를 들려줍니다. 그는 간절하게 도움을 기다리고 있었지만 사람들은 모두 외면하고 지나쳤죠. 그러던 중 드디어 한 사람이 상처 입은 사람을 도와주었습니다. 그는 도덕을 강조하는 성직자도 아니었고 능력이나 재산이 많은 지체 높은 사람도 아니었어요. 그 지역에서 가장 천대받던 사마리아인이었습니다. 예수께서는 아무리 보잘것없고 낮은 자리에 있는 사람일지라도 누군가에게 좋은 이웃이 될 수 있다며, 도움을 주는 사람이야말로 진정한 이웃임을 사람들에게 깨우쳐 주었습니다.

승연은 이 이야기를 들으며 스스로에게 물었습니다. "그럼, 나는 누구의 이웃이 되어 줄 수 있을까?" 승연은 이어지는 특강에 계속 귀를 기울였습니다. 교수님은 아프리카의 말라위, 소말리아, 콩고민주공화국 같은 나라에서는 생후 5년 이내에 열병으로 목숨을 잃는 아이가 전체의 5분의 1이라는 사실을 알려 주었습니다. 이 놀랍고도 비극적인 사실에 승연의 머리와 가슴이 뛰기 시작했죠. '그럼, 저 아이들이 내 이웃인가?…' 바로 그때 교수님이 슬라이드를 넘겼습니다. '적정기술! 소외된 90%를 위한 기술 이야기'가 시작된 것입니다.

적정기술은 1960년대 독일 태생의 영국 경제학자 에른스트 슈마허가 만든 '중간기술(intermediate technology)'이라는 용어에서 시작되었습니다. 그는 선진국과 제3세계의 빈부 양극화 문제를 연구하다가 간디의 자립 경제 운동에 영향을 받아서, 인류의 보편적인 삶을 향상시키기 위해서는 중간기술이 필요하다고 주장했어요. 이 개념이 발달하여 지금의 적정기술로 발전해 왔죠. 적정기술이란 인간의 삶의 질을 향상시킬 수 있는 기술로, '공동체의 정치적, 문화적, 환경적 조건을 고려해 해당 지역에서 지속적인 생산과 소비가 가능하도록 만들어진 기술'을 뜻합니다.

이 책에 소개된 적정기술을 하나 살펴보죠. '큐드럼(Q-Drum)'이라는 기구인데요. 큐드럼은 가운데에 구멍이 뚫려 있는 원기둥 모양의 통입니다. 가운데 구멍에 철사줄을 넣어, 그 철사줄을 앞에서 끌면 통이 쉽게 굴러오도록 고안되었죠. 이 통은 무엇일까요? 별것 아닌 듯 보이지만, 사실 이것은 적정기술이 적용된 물 운반 기구입니다. 남아프리카공화국의 산업디자이너가 고안한 물통인데, 먼 곳에서 물을 길어다 써야 하는 지역 사람들이 이를 손쉽게 운반하도록 도와주죠. 어린이들도 물통을 머리에 이고 가는 것보다는 끌고 가는 게 훨씬 편하겠죠. 실제로 큐드럼을 이용하면 플라스틱 통을 짊어질 때보다 5배나 많은 물을 쉽게 운반할 수 있다고 합니다. 타이어 형태에서 착안한 디자인 하나가 현지인들의 삶의 질을 한층 높여 준 것입니다. 이런 기술은 이윤을 창출하기는 어렵겠지만, 그 지역의 경제적인 수준을 고려한 적정기술로서 사람을 위한 기술임에는 틀림없어요.

승연은 적정기술이야말로 이웃과 나눔을 실천하는 가장 좋은 방법이라고 여겼습니다. 그러고는 학교 특강에서 적정기술을 처음으로 알려 준 교수님을 만나기 위해 포항을 방문하고, 그 인연으로 몽골까지 가는 등 열정적으로 꿈을 탐하는 여정을 이어 가죠. 승연은 몽골에서 적정기술 제품 '지세이버(G-Saver)'를 알게 되면서 대학에서 환경과 공학을 전공하겠다는 목표도 갖게 됩니다. 난로에 부착하기만 하면 열효율을 높여 주는 지세이버는 몽골 사람들에게는 생명줄과도 같은 장치입니다. 영하 20~40도의 혹한이 8개월간 지속되는 몽골에서는 난방비와 대기오염 문제가 심각하며, 빈곤 가정의 경우 추위로 생존을 위협받기도 한다고 해요. 지세이버는 가격도 착하고 유지비도 적게 드니 몽골 사람들에게 생산과 소비가 가능한 기술인 것이죠. 이 외에도 책에는 발판을 밟아 지하수를 뽑아내는 펌프, 냉장고처럼 과일을 신선하게 보관하는 항아리, 사탕수수 찌꺼기로 만든 숯 등 다양한 적정기술이 소개되어 있습니다.

어떤 사람들은 오늘날 세계의 모습이 '빈곤층은 결코 참여할 수 없는 게임'과도 같다고 말합니다. 구매력을 지닌 상위 그룹을 중심으로 세상이 돌아가고 있기 때문이죠. 그런 까닭에 가난한 이들을 위한 기술 개발은 더욱 어려워지고 있어요. 따라서 소외된 이웃을 위한 기술 개발은 그 어느 때보다 중요해 보입니다. 소녀가 탐한 적정기술은 많은 돈이 들지 않고 누구나 익히기 쉬우며 값비싼 에너지를 필요로 하지도 않습니다. 그래서 '지속 가능한 기술'이라고 불리죠. 승연은 이처럼 세상에서 가장 따뜻한 기술에 뜻을 두고 앞을 향해 나아가고 있습니다.

책으로 떠는 수다

적정기술 vs. 하이테크놀로지, 무엇이 먼저일까?

이 책은 적정기술의 실제 사례들을 소개해 주어서 매우
흥미로웠습니다. 그런데 최신 기술, 하이테크놀로지에 대해서는
상대적으로 부정적으로 평가하고 있는데, 이 점에 대해 어떻게
생각하시나요?

이 책이 주로 소외받고 어려운 이들을 위한 적정기술을 소개하
고 있기 때문에, 하이테크놀로지는 '소수의 부자들만을 위한 기술'
이라고 오해할 수도 있죠. 실제로 최첨단 하이테크놀로지가 적용된
제품들은 비싼 비용을 지불해야만 누릴 수 있고요. 하지만 글쓴이
가 하이테크놀로지를 부정적으로 그리고 있지는 않아요. 지금 우리
생활의 필수품이 된 TV나 휴대전화, 자동차를 보세요. 그것들은 모
두 처음에는 하이테크놀로지에 의해 개발된 신제품들이었어요. 더
높은 기술로 나아가려는 욕망과 의지가 없었다면 현재 우리가 누리

는 편리함은 가능하지 않았을 것입니다. 따라서 하이테크놀로지는 적정기술과 다른 면에서 인류의 생활에 기여한 바가 크다고 할 수 있어요.

그렇군요. 하이테크놀로지에 대해서 부정적인 선입관을 가질 필요는 없겠네요. 그런데 요즘 출시되는 제품들을 보면 인간의 생활과는 무관하게 지나친 기술 경쟁으로 만들어진 결과물이라는 생각이 들기도 하던데요.

맞아요. 대중이 요구하는 기술 수준보다 너무 앞서가니까 때로는 피로감이 느껴질 정도죠. 휴대전화만 해도 매년 새로운 기술이 적용된 신모델이 출시되니 기능을 제대로 활용하지 못하는 경우도 많이 생깁니다. 이처럼 신기술이 등장하는 것에 대해 비판적인 소리가 없는 것은 아니에요. 가장 대표적인 비판은 기술이 빠른 주기로 업그레이드되는 탓에 제품 가격도 덩달아 자꾸 오르고 있다는 지적이에요. 그러다 보니 하이테크놀로지가 적용된 상당수 제품들은 높은 구매력을 가진 소수의 취향이나 성향만을 고려한다는 비판을 받고 있죠.

그런데 굳이 비판을 받으면서까지 신제품을 개발하는 까닭은 뭘까요? 적정기술로 만족하면서 살아갈 수 있는데 말이에요.

무엇보다 수요가 있기 때문이죠. 신제품을 소비하려는 욕망은 두 가지 관점에서 생각할 수 있어요. 먼저 인간에게는 누군가와 차별화되고 싶은 욕구가 존재해요. 모두가 똑같은 기술을 누릴 때 자신만은 뭔가 다른 기술을 누리고 싶은 욕망이 있을 수 있죠. 또 다른 하나는 인간은 언제나 보다 나은 상황을 지향한다는 점이에요. 누구나 '지금, 여기'를 벗어나 더 나은 곳을 향해 살아가고자 합니다. 이런 욕망들이 신제품에 대한 욕구로 나타난다고 할 수 있어요.

이런 신기술로 만든 제품의 가격이 비싼 것은 당연해요. 우선 신제품은 시장에서 수요보다 공급이 적어요. 누구나 차별화되고 싶지만 재화는 한정되어 있죠. 또한 신제품을 개발하기까지 여러 시행착오와 위험 부담, 개발 비용이 투입됐으니 그걸 감안해 가격이 높을 수밖에 없습니다. 신제품 개발은 생산 활동의 측면에서도 이로운 점이 많아요. 신기술이 개발되면 그로 인해 다양한 신제품이 출시되어 생산 활동이 증가하면서, 노동자들의 일감이 늘고 소득이 개선되는 효과가 있죠. 연구실에서 밤낮없이 하이테크놀로지 개발에 온 힘을 쏟은 연구원들이야말로 이처럼 많은 이들을 이롭게 한답니다.

그런데 현실에서는 기업만 돈방석에 앉는 것이 아니냐는 비판이 있지 않나요? 애써 일한 개발자들에게는 제대로 혜택이 돌아가지 않는다는 지적도 있고요.

안타깝게도 그런 면이 있죠. 기업에서는 하이테크놀로지를 제품 가격을 부풀리는 명목으로 악용하기도 합니다. 일부 선택된 소수만이 누릴 수 있는 제품인 것처럼 포장해서, 인간이 지닌 우월감을 비싼 값에 선물하는 셈이죠. 기업의 타깃은 돈 많은 소비자이기 때문이에요.

현실적으로 문제가 없는 것은 아니지만 그렇다고 해서 하이테크놀로지가 지닌 엄청난 가치를 부인해서는 안 됩니다. 인간의 지적 호기심과 욕망은 지금껏 고도의 과학과 기술 덕분에 실현되어 왔어요. 난치병을 고치거나 우주를 탐사하는 것도 하이테크놀로지가 꾸준히 개발되어 왔기 때문에 가능한 것입니다. 개발자들이나 연구원들에게 수익이 돌아갈 수 있는 구조를 만들고, 최첨단 기술을 보다 많은 사람들이 활용하도록 제도를 개선하는 게 옳다고 봐요. 그리고 최첨단 기술은 시간이 흐르면 사람들이 누구나 누릴 만큼 보편화된다는 점도 말씀드리고 싶군요.

그럼 적정기술은 굳이 개발할 필요가 없는 것인가요?

그건 아니에요. 기술이 널리 퍼지고 보편화되려면 시간이 필요합니다. 그로 인해 사람들이 힘들고 어렵게 생활해서는 안 되죠. 첨단 기술은 아니더라도 인류의 삶을 개선하는 데 필요하다면 그 어떤 기술이라도 최선을 다해 개발해야 한다고 생각해요. 대체로 기업들은 부가가치가 높지 않은 적정기술 개발에 소극적일 테니 국가나 공동체, 시민사회 등이 적극적으로 나서서 적정기술을 꾸준히 개선해야 한다고 봅니다. 가난한 이웃들을 위해 기본 기능만 갖춘 저렴한 제품을 생산하는 일도 반드시 필요하죠.

지식 습득과 왕성한 활동, 그 사이에서 중심 잡기

이 책을 읽고 가장 놀랐던 점은 책을 서술하던 당시에 저자가 중학생이었다는 것이에요. 학교에서 학과 공부에 전념해야 할 때에 이런 활동들을 어떻게 모두 소화할 수 있었는지 놀랍기도 하고 이해가 잘 안 되더라고요.

학교 공부에 치여 사는 일반적인 중학생들과 비교하면 꽤 부러운 모습인 것이 사실이죠. 보통의 중학생들이 롤 모델로 삼기에는 현실성이 떨어질 수도 있고요. 특정 분야에만 관심을 갖는 것이 조금은 위험해 보이기도 합니다. 보통은 교과 지식의 기초를 다지기도 바쁜 시기에 다양한 교외 활동을 한다는 게 사실상 불가능하니까요. 어떻게 불완전한 사춘기 시절에 이처럼 확고한 꿈을 가질 수 있었는지 저도 궁금합니다.

책에서 보았듯이 글쓴이는 경시대회 출전 경험이나 올림피아드

수상 경력 같은 게 전혀 없어요. 어떻게 보면 학교 공부를 아주 탁월하게 잘하지 않았을 수도 있죠. 그런데 교과 지식을 습득하는 것은 학교에서 이루어져야 할 활동 중 하나이므로 그것에만 온통 집중할 필요까지는 없어요. 더군다나 4차 산업혁명 시기에 과거처럼 지식을 암기하는 교육 위주의 학교생활은 변화할 필요성이 있죠.

제 생각에 청소년들이 학교생활을 할 때 가장 주안점을 둬야 할 부분은 학생 개인이 스스로 꿈을 탐색하고 그 자양분을 만들어 가는 것이라고 봅니다. 학교도 청소년의 진로를 위해 직업 체험의 기회를 꾸준히 확대할 필요가 있고요. 이 책의 저자는 자신의 진로와 관련하여 체험의 기회를 적극적으로 찾았어요. 그러다 보니 시간을 쪼개 다양한 활동을 했던 거라고 여겨집니다.

그렇다고 학교에서 배우는 지식의 중요성을 간과하시는 것은 아니죠?

당연하죠. 지식을 습득하는 일에만 몰두하지 말라는 것이지, 교과 지식을 배우지 말라는 이야기는 아닙니다. 교과 지식을 제대로 배워 두지 않으면 기초가 약해져요. 글쓴이의 경우에는 공학이나 디자인을 전공해서 적정기술자가 되고 싶다고 했는데, 그러기 위해서 아마 글쓴이는 중학교 때 수학과 과학의 기초를 다지는 데 주력했을 것입니다. 기본이 탄탄해야 훗날 이를 응용할 내공도 쌓이기 때문이죠. 그래서 저는 글쓴이가 책에서 학교 공부는 어떻게 했고, 이를 적정기술 탐구와 어떻게 병행·조화시켰으며, 공부하면서 힘든 점은 무엇이었는지 보다 구체적으로 기록했으면 좋았겠다는 아쉬움이 남아요. 만약 그랬다면 좀 더 많은 학생이 공감할 수 있었을 텐데요.

책 속에서 학교생활에 대한 이야기를 찾아보기 어려운가요? 혹시 글쓴이와 일반 중학생의 생활을 비교했을 때 다른 점이 있다면 글쓴이의 생활을 이해하는 데에 도움이 될 것 같은데요.

학교생활에 대한 언급이 전혀 없는 것은 아니에요. 수행평가로 밤을 새우고, 학교 과제를 위해 할머니를 인터뷰했던 에피소드도 담겨 있죠. 그런데 이런 내용들이 즐겁고 신나게 쓰여 있어서 보통 학생들이 공감하기에 조금 어려운 점이 있습니다. 그러고 보니 글쓴이가 어째서 배우고 체험할 때 신이 났는지 짐작할 수 있겠어요.

글쓴이는 중학생인데도 학원에 한 번도 다닌 적이 없었습니다. 대체로 중학생들이 다니는 학원은 영어, 수학 등 교과 지식을 습득하기 위한 학원이에요. 학생들은 어떻게 하면 좋은 성적을 받을 수 있을지 고민하며 경쟁적으로 학원에 가게 되죠. 하지만 자기 주도적인 공부라기보다는 타성에 젖어 가는 경우가 더 많을 것입니다. 불안해서 가는 경우도 있고요. 이에 비해 글쓴이는 학원에 가지 않는 대신 자기 자신을 위한 진짜 공부를 하고 있었어요. 그 점이 공부를 신나게 만든 동기가 되었을 것입니다. 남이 시켜서, 혹은 어쩔 수 없이 하는 공부가 아니라 자신의 미래를 위해 스스로 하는 공부였으니 더 열중하고 몰입했을 거예요.

자기 주도적인 공부라? 이게 모든 학생에게 가능한 일일까요?

아주 불가능한 일은 아니에요. 학교를 마치는 시간이 늦어도 4시 30분이니까 마음만 먹으면 자기 주도적인 활동도 하고 교과 공부도 충실히 할 수 있습니다. 특히 요즘에는 교육과정이 개편되어 교과 지식에 대한 내용이 많이 줄었고, 다양한 체험을 할 수 있게 되었어요. 따라서 지식을 배우며 동시에 체험을 할 수 있죠. 최근에는 중학교 교육과정에 자유학기제 혹은 자유학년제가 도입되었는데, 이런 변화도 학생들의 체험을 유도하는 좋은 변화라고 생각합니다. 물론 지식 전달을 중심으로 수업하는 과거의 교육이 더 좋았다는 의견도 여전히 많아요. 하지만 시대가 변하고 있으니, 그 시대에 맞춰 교육의 형태도 바뀌어야 한다고 생각합니다.

이웃을 도울 때 생각해야 할 것들

『소녀, 적정 기술을 탐하다』에서 다루는 적정기술은 에른스트 슈마허가 제안한 '중간기술'에서 시작되었습니다. 슈마허가 중간기술을 생각한 까닭은 선진국과 비교할 때 지나치게 빈곤한 제3세계 국가를 지원하기 위해서였죠. 지속적인 생산과 소비가 가능한 기술을 개발하면 빈곤 지역 사람들의 삶도 향상될 수 있다고 믿었던 것입니다. 식량이나 물품처럼 당장 도움이 되는 것과는 별도로 적정기술을 전해 준다면, 빈곤 지역의 경제가 차츰 회복될 거예요. 그러다 보면 어느 순간에는 넉넉하지는 못하더라도 자립이 가능하게 되겠죠. 이처럼 누군가를 도울 때는 반드시 도움을 받는 입장에서 생각해 볼 필요가 있습니다. 문맹률이 높은 집단에는 아무리 훌륭한 서적을 준들 의미가 없을 것이고, 이슬람교를 신봉하는 집단에는 돼지고기를 식량으로 지원한들 전혀 반가워하지 않겠죠.

한때 '저개발의 개발(development of underdevelopment)'이라는 용어

가 사용된 적이 있었습니다. 이 말은 아직 산업화되지 않거나 개발되지 않은 나라를 낮은 수준으로 개발한다는 뜻입니다. 이를테면 유럽을 비롯한 선진국들이 아프리카처럼 개발이 되지 않은 나라를 어느 수준까지 개발해 준다는 뜻이죠. 얼핏 보기에는 선진국이 빈곤한 나라에 국제적인 원조를 해 주어, 산업화를 이룰 수 있도록 도와준다는 의미로 받아들여집니다. 그러나 여기에는 숨은 의도가 있어요. 선진국이 빈곤 국가를 도와주는 척하면서, 그 나라에서 개발한 것들을 값싸게 가로채려 한 거예요. 지금도 아프리카의 천연자원, 예를 들면 원유 등이 그런 식으로 수탈을 당하고 있답니다. 겉으로는 선의를 베푸는 것처럼 다가와 강도나 다름없는 짓을 했다는 것이죠. 이웃 나라 일본도 오랫동안 우리나라를 식민 지배하고서 자기들이 마치 우리나라를 근대화시킨 것처럼 주장할 때가 있는데 바로 이런 맥락과 같은 것입니다. 이처럼 섣부른 개발 논리는 진정으로 이웃을 돕는 일이 아닙니다.

세계의 이웃들을 도울 때 어떤 점들을 조심해야 할까요? 우선 남을 돕는 척하며 이익을 생각해서는 안 됩니다. 누군가를 돕는 일은 어디까지나 보편적인 인류의 삶이 나아지기를 바라는 마음, 한 가지면 족합니다. 남을 돕는 행위를 통해 뭔가를 얻으려 한다면 이는 도움이 아니라 거래입니다. 낮은 수준의 개발을 해 주고 더 많은 개발 이익을 가로챈 유럽 선진국들이 그랬던 것처럼, 잘못을 되풀이해서는 안 되겠죠.

다음으로 도움은 철저하게 상대의 입장에서 기획되어야 합니다. 최신 아이패드를 선물로 준들 전기가 모자란 지역에서는 아무짝에도 쓸모가 없습니다. 해당 지역의 경제적 기반, 지리적 조건, 문화적 요인, 종교적 성향, 경제와 교육 수준, 정치적 분위기까지 하나하나 잘 알아야만 그들을 제대로 도울 수가 있죠. 도움을 주는 데 고려할 사항이 너무 많다고요? 그러나 보편적인 인류의 가치를 실현하기 위해서는 무엇보다 상대를 이해하는 자세가 필요합니다. 돕기로 마음먹었다면 생색 내기가 아니라 실질적인 도움이 되도록 해야겠죠.

이웃을 도울 때는 문화적인 우월감이나 이데올로기를 내세워서는 안 됩니다. 대체로 도움을 주는 사람들은 상대방보다 우월하다고 느끼는 경향이 있습니다. 언어나 태도에서 이런 모습이 드러난다면 상대방은 굴욕감을 느끼고 도움을 거절할 수 있어요. 마찬가지로 도움을 줄 때, 그 도움 속에 이데올로기가 개입되지는 않았는지 생각을 해야 합니다. 이데올로기란 신념의 체계로서 도움을 주는 행동에서 완전히 배제하기가 어렵습니다. 그러나 최대한 이를 배제하기 위해 노력해야 합니다. 왜냐하면 자칫 그 지역의 오래된 관습이나 문화를 파괴할 가능성이 있기 때문이에요.

예를 들어 우리 민족이 신문물을 받아들였을 때를 떠올려 보세요. 우리의 전통적인 것들을 오래되고 낡은 것이라며 꺼리고, 무조건 서구에서 들어온 것들만 선호하는 경향이 판을 쳤죠. 그러다 보니 의식주는 물론이고 온갖 문화들도 서구적으로 변하고 말았습니다. 이제 와서 전통의 중요성을 깨닫고 이를 되찾으려 하지만 쉽지 않은 게 사실입니다. 그사이 없어진 전통도 많고요. 또 그 과정에서 전통적인 것과 외래적인 것들이 갈등을 일으켜 적지 않은 사회적 비용을 치를 수밖에 없었습니다. 우리가 이웃을 돕는다며 준비한 특정한 물건이나 행동이 그들에게 어떤 영향을 줄지 미리 생각해 볼 필요가 있는 것입니다.

마지막으로 이웃에게 도움을 줄 때는, 그것이 그들의 자립을 불가능하게 만들어서는 안 됩니다. 해방 직후 우리나라는 식량이 많이 모자랐습니다. 나무껍질로 죽을 끓여 먹을 정도로 식량 사정이 좋지 않았죠. 그때 미국에서는 우리나라에 밀가루를 원조해 주었습니다. 당시 미국에서는 밀이 남아돌아 어떻게 처치해야 할지 곤란한 상황이었어요. 밀가루만이 아니라 설탕과 면도 남아돌았습니다. 미국은 이것들을 우리나라에 무상으로 제공해 주었고, 우리나라 사람들은 더 이상 밀가루를 돈을 주고 사 먹지 않게 되었습니다. 그러다 보니 밀을 생산할 필요가 없게 되었고, 이후 우리나라에서는 밀농사가 자취를 감추었죠. 지금은 대부분의 밀을 수입에 의존하게 되었으니, 길게 보면 원조를 받은 나라가 아니라 원조를 해 준 나라가 더 이익이 된 셈입니다. 이런 도움은 참된 도움이라 하기 어려워요. 이처럼 이웃을 도울 때는 그 나라 경제에 타격을 가하거나 자립을 불가능하게 해서는 안 됩니다.

똑똑한 소비자로 ...
... 당당히 살아가기

우리는 진짜 현명하게 소비하고 있을까
『누가 내 머릿속에 브랜드를 넣었지?』

°사람들은 물건을 살 때, 꼭 필요하기 때문에 구입한다고 생각합니다. 옷이라든지 신발, 가구, 카메라, 육아용품, 도서, 식료품, 휴대전화 등, 아무리 봐도 "이건 꼭 사야 돼!" 하는 제품만 쏙쏙 골라 구입하고 있거든요. 그런데 당장 여러분의 옷장을 열어 보세요. 그곳에는 제대로 입지 않은 옷들이 여러 벌 있을 것입니다. 기능성이 뛰어나 구입했건 아니면 멋을 부리려고 구입했건 간에 주인의 눈길을 애타게 기다리는 옷들이 놓여 있죠. 비단 의류뿐일까요? 냉장고에는 포장도 뜯지 않은 식재료가 구석에 처박혀 있고, 책장에는 표지도 들춰 보지 않은 책들이 여러 권 꽂혀 있을 것입니다.

비용을 들여 제품을 구입했는데 막상 그 쓸모를 제대로 누리지 못할 때가 종종 있습니다. 어째서 이런 일이 벌어지는 것일까요? 지름신이 내려와 우리를 조종하는 것은 아닐까요? 필요에 따라 주체적인 소비를 하는 줄 알았는데 생각해 보니 꼭 그런 것만은 아닌 듯합니다. 그렇다면 우리는 소비를 할 때 대체 누구의 영향을 받을까요? 힌트를 줄게요. 우리가 물건을 구매하면 누가 이익을 보게 될까요? 답은 간단합니다. 바로 제품을 판매하는 기업이죠. 기업은 제품을 판매하여 이윤을 창출하는 게 존재 이유니까요. 그리고 이왕이면 제품을 소비자들에게 더 많이 판매한다면 좋겠죠. 그래서 기업들은 소비자들의 욕구와 성향을 파악해 이를 바탕으로 판매 전략을 마련합니다. 기업의 상품 판매 전략, 이것이 바로 '마케팅'입니다.

박지혜 교수가 쓴 『누가 내 머릿속에 브랜드를 넣었지?』는 기업의 다채로운 마케팅 전략을 소개하는 책입니다. 사람들은 흔히 마케팅이라는 말을 들으면 광고나 선전쯤으로만 생각하는 경향이 있어요. 하지만 마케팅은 소비자들이 무엇을 원하는지, 어떤 것을 필요로 하는지, 어떤 것에 감동하는지, 지금 사용하는 제품이나 서비스에 어떤 불만이 있는지를 파악하는 매우 복잡하고 섬세한 일입니다. 다시 말해 마케팅은 사람을 이해하는 데에서 출발합니다. 사랑하고 갈구하는 마음으로 소비자의 행동과 심리를 연구하는 것이죠.

가장 훌륭한 마케팅 사례 중 하나는 스티브 잡스의 아이폰입니다. 잡스가 아이폰을 내놓기 전, 스마트폰은 꽤나 복잡한 기계였어요. 제품의 기능을 설명하는 매뉴얼, 즉 사용 설명서를 읽으려면 오랜 시간과 정성이 필요했죠. 몹시 두꺼웠거든요. 잡스는 사람들이 복잡한 설명에 질색하고 있다는 사실을 알아차렸습니다. 그래서 복잡한 사용 설명서 없이도 제품을 사용할 수 있도록 아이폰을 디자인했고, 소비자가 제품을 사용하면서 자연스럽게 기능을 익히도록 했죠. 아이폰의 광고들도 단순성을 콘셉트로 기획되었습니다. 이런 시도는 소비자의 욕구를 정확히 꿰뚫었고, 결과적으로 대성공을 거두었습니다. 이처럼 마케팅은 단순한 광고가 아니라 소비자의 욕구를 바탕으로 고안된 심리적인 전략입니다. 우리가 만약 자신도 모르게 물건을 구매했다면 그건 기업의 마케팅 전략이 아주 교묘했다는 사실을 의미합니다.

마케팅 방법 중 소비자들에게 가장 영향력 있는 방법은 브랜드를 홍보하는 것입니다. 우리는 스마트폰 하면 아이폰이나 갤럭시를 떠올리고, 도너츠는 던킨, 운동화는 나이키, 서점은 교보문고를 생각하는 경향이 있어요. 자신도 모르는 사이에 제품과 브랜드가 연결된 것이죠. 그리고 이런 연상 작용은 구매를 결정할 때 익숙한 브랜드의 제품을 선호하도록 만듭니다.

마케팅에서는 '브랜드 연상'이라는 것이 있습니다. … 어떤 브랜드 이름을 들었을 때 관련된 여러 개념이 연달아 떠오르는 현상을 말하지요.

브랜드 연상이 일어날 때는 단순히 그 브랜드의 캐릭터나, 광고 모델, 색상, 제품만 떠오르는 게 아닙니다. 브랜드에 대한 나의 경험 기억(수학여행 갈 때 이 브랜드의 옷을 입었었지), 느낌(따뜻하다, 차갑다, 좋다, 싫다 등), 생각(이 브랜드는 문제가 있다) 들도 떠올리게 됩니다.

브랜드 연상은 우리의 소비생활과 밀접한 관계가 있습니다. 기업에는 브랜드에 대한 소비자들의 기억과 생각, 느낌들을 관리하는 '브랜드 관리자'가 있습니다. 이들의 가장 중요한 임무는 소비자가 기업이 의도한 대로 브랜드를 기억하고, 브랜드와 관련된 중요한 개념들을 머릿속에 잘 정리하고 있다가, 필요한 때 잘 떠올려 제품들을 구매하도록 브랜드 연상망을 만들고 관리하는 것입니다.

— 박지혜, 『누가 내 머릿속에 브랜드를 넣었지?』(뜨인돌)에서

한번 떠올려 보세요. 브랜드 연상망이 작동한 경우가 있었는지. 아마 얼마 전 엄마와 함께 간식거리를 사러 나갔을 때도 브랜드 연상망이 작동되었을 겁니다. 파리바게트나 뚜레쥬르에 들러 맛있는 빵을 살지, 스타벅스에 들러 커피나 음료를 마실지 고민하지 않았나요? 실제로 소비를 할 때도 그곳을 더 찾게 될 것입니다.

제품의 명함과도 같은 브랜드는 그 제품을 소유하는 것만으로 소비자들에게 기쁨을 주기도 합니다. 나이키 한정판 운동화나 한정

판 레고를 사다 거실에 전시해 놓고 혼자 뿌듯해하기도 하죠. 이뿐만이 아닙니다. 브랜드는 소비자들이 자신의 위치를 드러내거나 때로는 과시하는 데에도 사용됩니다. 엄마들이 좋아하는 명품 백은 사용가치보다는 브랜드를 통해서 자신의 사회적·경제적 지위를 과시할 수 있다는 점 때문에 소비되곤 합니다. 그러니 기업에서 브랜드에 공을 들이는 것은 당연한 일이죠. 소비자들은 단순한 필요가 아니라 제품의 스토리와 상징, 제품을 구매하며 느끼는 다양한 감정들을 함께 누리려고 하니까요.

가격을 결정하는 것도 마케팅의 일부예요. 가격이 1,990원인 제품을 1,000원대 상품이라고 말하는 광고를 본 적이 있을 것입니다. 사실은 2,000원짜리 제품과 단 10원 차이인데, 심리적으로는 왠지 훨씬 싸게 느껴지죠. 이는 가격의 '초두(初頭) 효과'를 노린 것으로, 가장 먼저 제시된 단어 및 정보를 더 잘 기억하는 현상을 활용한 거예요. 이러한 가격 설정으로 더 많은 소비를 이끌어 내기도 합니다.

이와는 반대로 일부러 제품 가격을 고가로 설정해 판매하는 전략을 쓰기도 합니다. 바로 명품 소비를 유도할 때 쓰는 전략이죠. '명품은 사회적 권력을 지닌 고소득자들이 자신을 저소득층과 차별화하기 위해 만든 것'이라 할 수 있습니다. 따라서 가격을 낮추기보다 고가로 유지해야만 차별화가 이루어질 수 있죠. 처음부터 일반 소비자가 아니라 고소득자를 잡기 위한 것이므로 명품 가격은 꾸준히 오를 수밖에 없습니다.

이 외에도 『누가 내 머릿속에 브랜드를 넣었지?』에는 기업의 마케팅 전략으로 연예인이 모델로 등장하는 광고, 아이템 등을 활용하여 습관적 소비를 부추기는 게임 회사들의 전략, 밸런타인데이 같은 기념일 마케팅의 비밀에 이르기까지 다양한 기업의 마케팅 전략이 제시되어 있습니다.

아마도 책을 읽는 과정에서 자연스럽게 자신의 소비생활을 투영할 기회를 갖게 될 텐데, 이번 기회를 통해 기업의 상술에 현혹된 자신의 경험을 객관적으로 바라보고 잘못된 소비 행태를 진단해 보았으면 합니다. 더불어 인간의 심리와 자본주의의 특성도 함께 파악한다면 좋은 독서 경험이 되겠죠. 촘촘한 마케팅 전략의 그물망 속에서 현명한 소비자가 되는 길을 찾는 것은 온전히 독자들의 몫입니다.

소비의 진짜 주인은 기업일까, 소비자일까?

이 책을 읽으니 기업들이 제품을 판매하기 위해 정말 다양한 방법을 활용한다는 생각이 들었습니다. 기업의 노력이 정말 대단하군요.

무한 경쟁 시대에 기업들이 성공하기 위해서는 무엇보다 소비자의 마음을 사로잡아야 하지요. 소비자에게 외면받는 순간 기업은 경쟁력을 잃고 도태될 위험에 처하니까요. 사람들은 흔히 기업들이 제품을 생산하고 개발하는 데에만 많은 돈을 투자한다고 오해하지만, 사실은 그에 못지않게 판매 전략을 수립하고 실천하는 데에도 적지 않은 투자를 합니다. 아무리 좋은 제품이라도 마케팅을 잘못해서 팔리지 않으면 그만이니까요. 그래서 제품 생산보다 유통이나 판매에 더 큰 금액이 들어갈 때도 적지 않아요. 쉬운 예로 우리가 좋아하는 치킨이나 커피는 제품의 원가는 얼마 되지 않아요. 하지만 브랜드를 홍보하고 매장을 유지하기 위한 비용이 늘어나면서 상품 가격이 예상보다 높게 형성되곤 하죠.

그렇게 되면 소비자는 불필요한 경제적인 비용을 치를 수밖에 없는데요. 그런 마케팅은 소비자에게 손해가 아닐까요?

꼭 그런 것만은 아닙니다. 생각해 보세요. 소비자들이 자신이 원하는 물건을 스스로 만들거나, 그런 물건을 찾는 데에는 꽤 많은 시간과 비용이 듭니다. 아무리 노력해도 결과가 신통치 않을 수도 있고요. 그런 일을 전문적인 기업이 대신해 주는 것입니다. 따라서 기업의 마케팅 전략은 소비자들에게도 결코 손해만 끼치는 것은 아닙니다. 기업이 소비자의 내면에 잠재되어 있는 감수성과 욕망을 파악하여 그 욕구를 채워 주니까요.

사실 소비자들은 기존 제품에 불만이나 아쉬움이 있어도 그 원인을 찾는 데에는 꽤 어려움을 겪습니다. 기업의 마케팅 전문가들은 그 원인과 소비자들의 욕구를 미리 파악하여 다채로운 만족감을 제공해 주죠. 이를 위해 마케팅 전문가들은 인간의 사상과 문화, 철학 등을 열심히 들여다보고 고민합니다. 잠재 고객의 내면과 사회적 행동 양식을 면밀히 파악하기 위해서죠. 따라서 마케팅은 기업의 영업 목표를 달성하기 위한 것이자 소비자의 삶을 풍요롭게 해 주는 도구라고 할 수 있습니다.

하지만 마케팅이 언제나 소비자를 위해 이로운 욕구만 불러일으키는 것은 아닌 듯합니다. 불필요한 소비를 조장할 때도 적지 않잖아요?

좋은 지적이에요. 기업이 지나치게 자신들의 이윤만 추구할 때가 그렇습니다. 빠른 속도로 신제품이 출시되는 전자 제품이 딱 그런 예입니다. 휴대전화를 생각해 보세요. 사용하던 제품이 아무 문제가 없는데도 새로운 제품을 사지 않으면 마치 시대에 뒤떨어지는 것 같은 인상을 만들어서, 결국 새 모델을 소비하게 만들죠. 자동차나 냉장고, 에어컨, TV도 마찬가지예요. 약간의 기능을 보완하거나 디자인을 변경해 신제품을 내놓고, 그것이 마치 유행을 선도하는 '트렌드 세터(trend setter)의 필수템'인 양 선전합니다. 이럴 때 넋 놓고 마케팅 전략에 그대로 노출되면 불합리한 소비로 이어질 수 있어요. '호갱'이라는 말이 괜히 생긴 게 아닙니다. '눈 감으면 코 베어 간다'는 말처럼 기업들의 전략은 갈수록 교묘해져서 어수룩한 소비자들은 기만당하기 일쑤죠.

그렇다면 결국 소비는 소비자가 아니라 마케팅 전략을 잘 활용한 기업이 결정짓는 것이라고 봐야겠는데요? 어떤 소비가 합리적인지, 비합리적인지를 결정하는 것도 소비자의 몫이 아니라 기업이 얼마나 윤리적이냐에 달려 있고요.

그건 지나친 생각입니다. 아무리 기업이 소비에 결정적인 영향을 미친다 하더라도 어디까지나 소비는 소비자가 하는 일이니까요. 소비 활동의 주체는 기업이 아니라 소비자입니다. 그리고 기업의 마케팅 전략이 늘 성공하는 것도 아니라는 사실을 알아 둬야 해요. 이 책에도 기업들이 마케팅 전략을 잘못 세워 실패한 경우가 나오잖아요. 기업들이 상품을 구매하라고 아무리 소비자들에게 구애를 해 봐도 냉정하게 돌아서는 소비자들도 적지 않습니다. 게다가 요즘처럼 SNS가 발달한 세상에서는 소비자의 의사가 마케팅보다 더 큰 힘을 갖기도 합니다. 스스로 마케팅의 속성을 잘 파악해, 똑똑하게 소비하는 '스마트 컨슈머(smart consumer)'도 등장했죠. 따라서 기업이 소비를 결정짓는다고 말하기는 어렵습니다. 기업이 소비자의 선택에 큰 영향을 미치는 것은 부정할 수 없지만 소비의 책임은 어디까지나 소비자 스스로 떠맡아야 합니다.

네, 잘 알겠습니다. 소비자들이 기업의 마케팅 전략을 잘 파악해서 현명한 소비를 해야겠군요. 혹시 이 시점에서 현명한 소비가 가장 필요한 이들은 누구라고 보시나요?

저는 청소년 시기가 불안하다고 봅니다. 광고에 가장 취약한 시기이기도 하고요. 자신의 의사에 따라 소비 활동을 시작하는 나이긴 하지만, 아직은 정보를 판별하는 능력이 떨어지고 가치관도 정립되어 있지 않거든요. 그러다 보니 소비에서도 동조 현상이 심하게 나타나죠. 똑같은 브랜드에 획일적으로 집착하거나, 유명 메이커 옷을 입지 않았다고 풀이 죽은 모습을 보면 안타까운 마음이 들더군요.

그런데 이런 현상은 어려서부터 마케팅 전략에 세뇌당한 결과가 아닐까 합니다. 모두들 이렇게 자라서 성인이 되기 때문에 올바른 소비의 주체로 성장하기가 참 어려운 게 현실입니다. 제 생각에는 현명한 소비자가 되려면 청소년기부터 비판적인 시각을 갖는 게 꼭 필요합니다.

바람직한 소비를 위한 노력

이 책의 뒷부분에 '친사회적 소비'라는 개념이 소개되어 있는데요. 자신에게 필요한 제품을 소비하는 게 어떻게 친사회적일 수 있는 것인가요?

말씀하신 대로 소비는 자기를 위한 행위입니다. 하지만 소비가 단순히 제품의 쓸모만 누리는 일은 아닙니다. 기업의 입장에서 소비는 이윤을 창출하는 행위죠.

제품을 판매해서 얻은 이윤은 가치를 생산하는 데에 기여한 이들에게 분배됩니다. 생산의 3요소를 배웠을 거예요. 토지, 자본, 노동이 그것이죠. 즉 기업은 제품을 판매하여 이윤이 발생하면 토지 주인에게는 지대로, 자본을 투자한 이들에게는 이자로, 노동을 제공한 이들에게는 임금의 형태로 나눠 줍니다. 이 가운데 가장 중요하게 평가받아야 할 것은 노동력입니다. 노동력을 통해 세상에 이미 존재하는 원재료들이 비로소 새로운 가치를 얻어 상품으로 탄생하니까요.

그런데 기업 중에는 이윤 챙기기에 급급하거나 설비투자 등을 이유로 들어 노동자에게 합당한 임금을 지급하지 않는 곳이 종종 있어요. 장시간 노동을 시키면서도 정당한 대가를 지급하지 않는 것이죠. 특히 개발도상국에서는 노동력을 착취하는 사례가 비일비재합니다. 이렇게 생산된 물건은 가격이 저렴해서 소비자들이 선호하는 경우가 많아요. 하지만 그런 값싼 제품을 소비하면 결과적으로 이를 만든 노동자들은 정당한 대가를 받지 못합니다. 친사회적 소비란 노동의 대가를 제대로 지불하고 생산된 제품을 구입하는 것을 말합니다. '착한 소비'*, '윤리적 소비'라는 말도 같은 의미로 쓰이죠. 저는 정당한 대가를 지불하고 제품을 구입하는 문화가 널리 정착되었으면 합니다.

● 값이 조금 비싸더라도 친환경 상품 및 공정 무역 상품 등 사회에 공헌할 수 있는 상품을 구매하는 것을 뜻한다.

'착한 소비'라니, 말이 참 예쁘네요. 그런데 어째서 이처럼 좋은 소비문화가 과거에는 형성되지 않았던 것일까요? 저는 조금 낯설기도 한데요.

그건 소비 행위를 자기중심적으로 생각해 왔기 때문이에요. 우리는 소비를 단순히 내 돈으로 내가 원하는 것을 구입하고 누리는 행위로 생각하는 경향이 있어요. 나의 소비가 노동자들에게 임금을 지불해 주고, 경제를 돌아가게 하는 원동력이 된다는 사실을 인식하지 못하는 것이죠. 또 자신의 소비 행위가 어떤 결과를 초래할지에 대해서도 별로 신경 쓰지 않아요. 소비를 그냥 개인적인 행위로만 생각하죠.

그런데 만약 자신의 소비로 인해 타인이 어려움에 처하고, 자연이 파괴되고, 사회가 병들어 간다면 어떻게 해야 할까요? 값싼 가격 때문에 저개발국가의 어린이들이 노동을 착취당하거나, 더 싼 연료를 소비하느라 환경이 파괴된다면, 우리는 그 소비를 멈춰야 하지 않을까요? 이렇게 보면 어떤 소비를 하느냐에 따라 더 좋은 사회로 나아가느냐 아니면 공동체를 위험에 빠뜨리느냐가 결정될 수도 있어요.

좋은 말씀 감사합니다. 그렇다면 소비자들을 위해 현명하고 합리적인 소비 방법에 대해 좀 더 말씀해 주세요.

합리적인 소비를 위해서는 '욕심을 줄이려는 노력'이 필요합니다. 책에도 언급되어 있지만 무엇보다 '디드로 효과'를 경계해야 하죠. 디드로 효과는 프랑스의 사상가 드니 디드로의 일화에서 유래한 개념입니다. 어느 날, 디드로는 친구로부터 멋진 가운을 선물받았는데, 이 가운을 입고 서재에 앉아 있으니 책상이 너무 초라하게 느껴졌다고 해요. 그래서 책상을 바꾸고, 또 책상에 어울리도록 의자를 바꾸고, 이렇게 구색을 맞추다가 그는 서재의 모든 것을 바꾸게 됩니다. 그리고 빚더미에 앉게 되죠.

이처럼 디드로 효과는 하나의 물건을 구입한 후 그 물건과 어울리는 다른 제품들을 계속 구매하는 현상을 말해요. 예를 들면 스마트폰을 구입했을 때, 이에 그치지 않고 스마트폰에 어울리는 케이스와 액세서리까지 바꾼 일을 떠올릴 수 있습니다. 기존에 쓰던 것도 아무 이상이 없는데, 욕심 때문에 소비를 하게 되는 거죠. 이렇듯 욕심을 부리지 않으려면, 자신에게 허락된 경제적 여건 내에서 심사숙고의 과정을 거쳐 소비하는 노력이 필요합니다. 자신의 분수에 넘치는 소비는 품격이 아닌 허세임을 명심하기 바랍니다.

그리고 '패스트 패션(fast fashion)'처럼 환경오염을 심각하게 일으키는 소비는 줄여야 합니다. 패스트 패션이란 최신 트렌드를 즉각 반영하여 빠르게 제작해서 유통시키는 의류를 말해요. 유행을 빨리 따라가는 것도 좋지만, 우리가 한 계절 입고 버리는 옷이 어떻게 폐기될지 생각해 보세요. 전부 지구 환경에 부담을 주는 쓰레기가 되겠죠. 요즘 패스트 패션의 반대 개념으로 '슬로 패션(slow fashion)'이 뜨고 있어요. 유행을 타지 않으면서도 환경과 인체에 미치는 악영향을 최소화한 패션을 의미하죠. 자연을 파괴하는 의류 폐기물이 기하급수적으로 늘어 가는 지금이야말로, 옷에 대한 발상의 전환이 필요한 시점이 아닐까 합니다.

사용가치와 교환가치, 그리고 상징가치

여러분도 알다시피 현대사회에서 소비는 제품의 기능에 의해 좌우되지 않습니다. 구매를 결정하는 데는 제품의 가격, 브랜드를 비롯해, 소비자의 사회적·경제적 지위, 취향, 성격 등도 영향을 주죠. 이는 사람들이 제품을 구매할 때, 그 제품이 가진 기능뿐 아니라 상징적인 가치도 함께 고려하기 때문입니다.

상품의 가치는 크게 '사용가치'와 '교환가치'로 나뉘어요. 여기서 사용가치는 인간의 필요와 욕망을 충족시키는 재화의 유용성이나 효용을 의미합니다. 즉 상품이 갖는 기능에 의해 만들어지는 가치라고 할 수 있죠. 이와 달리 교환가치는 하나의 상품이 다른 종류의 상품과 교환될 때 적용되는 상대적 가치를 말합니다.

예를 들어, 물고기의 사용가치는 음식 재료로서 갖는 가치 그 자체에 해당하고, 교환가치는 물고기 한 마리가 어떤 물건과 어떻게 교환되느냐로 결정됩니다. 만약 물고기 한 마리로 그릇 두 개를 얻거나, 화살 세 개를 받는다면 그것이 물고기의 교환가치가 되죠. 이 교환가치는 화폐가 발달하면서 일정한 값으로 매겨지게 됐습니다. 따라서 이제 물고기 한 마리는 그릇 두 개, 화살 세 개가 아니라, 가령 3,000원이라는 값으로 환산되는 거죠. 기업은 사용가치가 있는 제품을 생산하고 판매하여 소비자로부터 교환가치를 얻어 내는 일을 하고 있어요. 거꾸로 소비자는 교환가치를 지불하고 사용가치를 얻는 행위를 합니다. 결국 소비는 사용가치를 얻는 행위입니다.

그런데 소비의 개념에도 예외는 있습니다. 프랑스 철학자 장 보드리야르는 『소비의 사회』에서 북미 인디언의 '포틀래치(potlatch)'를 소개하며 "소비 중에는 사용가치가 없는 낭비가 목적인 소비도 있다"고 주장했습니다. 포틀래치는 인디언들이 성인식이나 결혼식 같은 기념일에 오랫동안 모은 재물로 주변 사람에게 잔치를 베푸는 풍습이에요. 이때 누가 더 많은 귀중품들을 쌓아 놓고 나눠 주느냐에 따라 권위가 인정됐죠. 그러다 보니 귀중품을 손님들 앞에서 파괴하거나 자신이 소유하고 있는 노예를 죽여서 부를 과시하는 행위도 일어났어요.

흥미로운 사실은, 소중한 재화를 파괴할수록 더 높은 사회적 지위를 인정받았다고 합니다. 스스로 사용가치를 파괴하고 보다 높은 사회적 인정을 얻는 풍습인 것이죠. 보드리야르는 기능보다 브랜드 이미지를 중시하는 현대인의 소비가 사회적·경제적 지위와 권위를 드러내려는 행위라는 점에서 포틀래치와 유사하다고 진단했습니다.

사람들은 자신의 사회적 지위와 권위를 드높이고자 사용가치와 관계없이 엄청난 교환가치를 지불하곤 합니다. 이를 통해 이른바 상징가치를 소비하는데, 포틀래치의 사례에서도 알 수 있듯 인류가 상징가치를 소비하기 시작한 것은 꽤 오래전 일입니다. 물론 이러한 형태의 소비 행위가 본격적으로 자리 잡은 것은 상품과 물자가 풍부해진 산업화 시대 이후라고 볼 수 있어요.

사회적 고소득자들은 물자가 모자랄 때는 제품을 갖고만 있어도 차별적인 지위를 나타낼 수 있었지만, 물자가 풍부해지자 제품을 갖는 것만으로는 차별성을 드러내기가 어려워졌습니다. 이런 물건은 너도나도 가질 수 있었거든요.

따라서 사회적 고소득자들에게는 자신의 지위를 나타내는 좀 더 특별한 상품이 필요했고, 그 상품은 보통 사람들이 접근하기 어려운 수준의 물건이어야만 했습니다. 쓸모나 기능보다는 특별한 디자인, 특별한 스토리, 특별한 가격을 지닌 제품을 소비해야만 자신의 차별적인 지위를 나타낼 수 있다고 생각한 것이죠. 명품이 본격적으로 등장한 것입니다.

그러므로 명품은 기능이나 쓸모가 아니라 철저히 상징적인 소비입니다. 만약 제품이 튼튼하다거나 서비스가 좋아서 명품 브랜드를 선호한다고 말하는 사람이 있다면, 이는 명품에 대한 이해 자체가 모자란 것이고 그가 했던 소비는 남들을 흉내 내는 헛된 소비가 되고 말겠죠. 그러니 주의하세요. 아무리 비싼 값을 치르고 상징적

인 가치를 소비하더라도 소비자 스스로가 차별화된 존재가 아니라
면 상징적인 소비는 헛된 행위로 인식된다는 사실을. 자칫 조롱당
할 수 있다는 말입니다.

BOOK 5

미디어 활용의 지혜를 찾다
『슬기로운 미디어 생활』

　°최근 초등학교 학생들을 대상으로 실시한, 미래에 가장 하고 싶은 일이 무엇이냐는 설문에서 '유튜버'가 당당히 5위에 뽑혔습니다. 유튜버란 말 그대로 유튜브(YouTube)를 이용하는 사람을 뜻합니다. 다들 알다시피 유튜브는 구글(Google)이 운영하는 동영상 공유 서비스로, 사용자가 동영상을 업로드하고 시청하며 공유할 수 있는 서비스예요. 매일 1억 개 이상의 비디오 조회 수, 매달 15억 명 이상을 불러 모으는 세계 최대의 동영상 사이트죠. 그런데 유튜버란 단순히 동영상을 조회하는 사람을 가리키는 말은 아닙니다. 동영상을 제작하여 올리고, 이것을 방송하듯이 내보내는 이를 가리키

죠. 곧 인터넷 1인 방송을 운영하는 사람을 뜻하는데, 이들을 크리에이터(creator)라고 부르기도 합니다. 유튜버들은 조회 수가 많아지면 그에 따른 광고로 수익을 창출하여 생활하고 있습니다. 많은 초등학생들이 유튜버를 꿈꾼다는 것은 그만큼 이 직업이 멋져 보이고 인기가 있으며, 유튜브라는 미디어가 현대인들에게 큰 영향력을 행사한다는 의미가 아닐까 합니다.

현대인들에게 영향을 미치는 것이 유튜브뿐일까요? 우리는 아침에 일어나자마자 스마트폰을 찾고, 누군가가 메시지를 남기지 않았는지 확인합니다. 학교에 가면 게임과 웹툰 이야기로 친구들에게 아침 인사를 대신하기도 하죠. 새벽녘에 있었던 영국 프리미어리그 리버풀 FC와 첼시 FC의 축구 동영상을 보는 친구들도 있습니다. 어른들은 TV나 라디오를 들으면서 아침 식사를 하고, 출근을 해서 사무실에 앉는 순간 컴퓨터를 통해 인터넷에 접속합니다. 어떤 이들은 정치 기사나 경제 기사에 댓글을 다는 것으로 하루 일과를 시작하기도 하죠. 이처럼 우리가 살아가는 현대사회는 그 어느 때보다도 다양한 미디어의 시대라고 할 수 있어요. 그런데 우리는 이처럼 우리 삶에 밀접하게 연결되어 있는 미디어에 대해 얼마나 알고 있을까요?

새로운 지식이나 기술은 인간의 삶에 영향을 줍니다. 인쇄술은 특권층이 누리던 지식을 일반인들도 누릴 수 있게 해 주었고, 천동설을 밀어낸 지동설은 인간이 신 중심의 세계에서 벗어나 인간 중심의 세계로 나아가는 데 큰 영향을 미쳤죠. 우리가 매일 접하는 미디어도 인간의 삶에 큰 영향을 주고 있습니다. 따라서 미디어의 특성을 이해하고, 그것이 어떤 긍정적인 면을 지니는지, 혹은 부작용은 없는지 알아보는 일은 꼭 필요합니다. 그래야만 미디어를 보다 효율적으로 누릴 수 있으니까요. 『슬기로운 미디어 생활』은 우리 생활에 영향을 미치는 SNS, 웹툰, 영화, 광고, 게임 등 각각의 미디어가 발전한 과정과 특성을 알아보고, 우리가 이런 미디어를 어떻게 다뤄야 하는지를 살펴보는 책입니다.

이 책에서 제일 먼저 살펴보는 것은 미디어 언어의 특성이에요. 우리가 이용하는 미디어는 다양한 이미지들로 이루어져 있습니다. 빛과 색처럼 시각적인 요소, 소리 같은 청각적인 요소들이 모여 하나의 이미지를 이루죠. 이런 이미지에서 기호는 큰 역할을 해요. 현대 미디어에서 '표정, 몸짓, 그림과 음악, 말과 글' 같은 기호들은 독립적으로 쓰이기보다 한데 어울려 강력한 전달 효과를 이루어 냅니다. 특히 영상 광고는 짧은 시간 안에 사람들의 이목을 사로잡아야 하기 때문에 다양한 기호를 적극적으로 사용하죠.

예를 들어 볼까요? 지하철 안이나 교실 같은 일상적인 공간에 지친 사람들이 있습니다. 그때 누군가 벌떡 일어나 피로 회복 드링크제를 마십니다. 그 순간 주변은 빨강, 파랑, 노랑 등 원색으로 빛나고, 그는 생기발랄한 음악에 맞춰 과장된 표정으로 신나게 춤을 춥니다. 이런 광고는 지친 일상에서 드링크제 하나로 생기를 찾을 수 있다는 메시지를 전달해 줍니다. 드링크제가 활기를 되찾게 해 줍니다. 드링크제가 활기를 되찾게 해 준다는 단순한 메시지를 시각, 청각, 언어적인 기호 등을 다양하게 활용하여 전달의 효과를 높인 것이죠. 따라서 각각의 기호들이 무엇을 전달하기 위해 사용되고 있는지를 아는 일은 매우 중요합니다.

미디어를 매력적으로 만드는 요소에 다양한 기호만 있는 것은 아닙니다. 최근 우리가 가장 즐겨 찾는 중독성 강한 미디어는 무엇일까요? 아마도 게임이나 웹툰, 웹소설이라는 데에 대부분 동의할 거예요. 그렇다면 이 미디어들은 왜 중독성이 강할까요? 거기에는 바로 이야기가 있기 때문입니다. 이야기는 인간의 욕망을 다룹니다. 이야기 속의 주인공들은 현실 세계에서는 억압되어 있거나 이룰 수 없는 것들을 추구하죠. 때로는 지나치게 비현실적인 욕망을 추구하고 좌절하기도 하지만, 때로는 이루기 힘든 현실적인 욕망을 단계별로 성취해 나가기도 합니다. 사람들은 이야기에 몰입해 욕망을 대신 충족하고 거기서 재미와 만족을 느낍니다.

영화와 광고, 게임, 웹툰, 웹소설, 웹드라마 등은 모두 이야기로 구성되어 있습니다. 아무리 짧은 영상도 시간의 흐름이 있고 등장인물이 있으며, 짧은 사건이 등장하게 마련이죠. 잘 만들어진 이야기일 경우, 사람들은 주인공과 자신을 동일시하려는 욕망을 갖게됩니다. 주인공의 대사를 따라 하며 흉내 내 본다거나, 패션이나 헤어스타일을 좇아 의류나 각종 액세서리를 구입하기도 하죠. 그런데 조심해야 할 것은 이런 이야기는 현실을 살아가는 사람들의 욕망을 다루고 있지만 그것이 현실 자체는 아니라는 사실이에요. 무엇보다도 이야기에는 서술자가 존재합니다. 서술자가 어떤 생각과 가치관을 지니고 있는지에 따라서 전혀 다른 이야기가 만들어진다는 것을 알아야 하죠. 따라서 이야기를 접할 때는 재미도 느끼고 동일시의 기쁨을 즐겨도 좋지만 반드시 서술자의 가치관을 판단해야 합니다. 서술자의 생각을 정확히 파악하지 않으면 은폐된 의도에 자신도 모르게 빠져들 수 있기 때문입니다.

이 책의 저자들은 미디어의 콘텐츠에 은폐되어 있는 서술자의 관점을 경계해야 한다고 말합니다. 실제로 과거 디즈니 애니메이션은 겉으로는 약자를 구출하는 이야기로 포장되어 있지만, 여성을 약자로, 남성을 강자로 그려서 속으로는 여성에 대한 왜곡된 편견을 조장한다는 비판을 받았죠. 겉으로는 어려운 이들을 돕는 것처럼 꾸미고 속으로는 상품을 광고하는 전략이 숨어 있는 경우도 있어요. 아무 생각 없이 동영상과 웹툰을 즐기다가 자신도 모르게 남녀차별적인 인식을 갖게 된다거나 혹은 지역과 인종에 대한 편견이 형성된다면 이는 매우 불행한 일이 될 것입니다.

이 책의 또 다른 장점은 미디어 각각의 특색을 아주 잘 설명해 준다는 점입니다. 광고는 설득력이 매우 높은 미디어로, 다양한 기호를 동원해 인간의 욕망을 부추긴다고 분석하고 있어요. 그리고 웹툰의 성공 비결을 스크롤이 가능하고 독자들이 쉽게 참여할 수 있다는 점에서 찾은 것도 인상적이죠. 그 밖에 게임을 사용자가 스스로 서사를 만들어 가는 미디어라고 긍정적으로 소개한 것도 설득력이 높았습니다.

이 가운데 주목해서 읽을 대목은 뉴스에 관한 내용입니다. 현재 우리나라뿐만 아니라 세계 곳곳이 가짜 뉴스 때문에 많은 피해를 보고 있어요. 그런데 이 책에 따르면 가짜 뉴스뿐만이 아니라 뉴스 자체도 비판적으로 받아들일 필요가 있습니다. 우리가 공정하고 객관적인 사실이라고 믿는 뉴스도 주관적인 편집 과정을 거친 정보이기 때문이에요. 방송국이나 신문사에서는 뉴스 가치를 지닌 사건들을 선별해서 방송이나 신문을 통해 내보냅니다. 그런데 뉴스 가치를 판단하는 것은 뉴스를 생산하는 사람들입니다. 사람은 누구나 특정한 계층이나 집단에 속해 있습니다. 기자나 편집자가 공익적인 가치를 위한다고는 하지만, 공익이라는 것도 모두에게 이익이 되는 게 아닐 수 있어요. 예를 들면 공익을 위해 도심을 재개발해야 한다고 하지만, 개발 이익이 모두에게 돌아가는 것은 아니에요. 개발로 인해 손해를 보는 이들도 생길 수 있습니다. 만약 기자나 편집자가 개발 이익을 일방적으로 옹호하는 글을 썼다면, 그들이 객관성을 유지했다고 보기 어렵죠. 따라서 뉴스 가치를 판단하는 기자나 편집자가 어떤 가치관을 지니고 있는지는 매우 중요한 문제라고 할 수 있습니다.

이처럼 『슬기로운 미디어 생활』에는 다양한 미디어의 속성이 알기 쉬운 예와 함께 자세히 소개되어 있습니다. 우리는 미디어를 사용하면서 순간순간 선택에 놓일 때가 있어요. 트위터나 페이스북에 무엇을 올릴지, 어디까지 공유하는 게 옳은지, 어떻게 하면 유튜브에 조회 수가 많은 동영상을 올릴지, 광고를 보고 어디까지 믿을지, 물건을 살 것인지 말 것인지, 어제 뉴스가 나를 속이는 가짜 뉴스는 아닌지, 내가 공유하려는 동영상이 혹시 저작권을 위반한 것은 아닌지 등등이 그런 예라 할 수 있죠. 이런 선택은 미디어가 다양해지고, 미디어에 유통되는 정보가 증가할수록 더 힘들어질 것입니다. 여러분의 '슬기로운 미디어 생활'을 위해 이 책을 읽으며 선택의 지혜를 키워 가는 것은 어떨까요?

공정한 뉴스는 가능할까?

이 책을 읽으며 미디어 전반에 관한 지식을 얻게 되어 참 좋았습니다. 그런데 뉴스가 공정하고 객관적이라고 생각해 왔는데 꼭 그런 것은 아닌가 봐요?

예전에 학교에서는 신문 기사나 뉴스가 신속성, 정확성, 객관성, 논리성을 갖추고 있다고 가르쳤습니다. 그런 까닭에 많은 사람들이 아직까지도 신문이나 방송 뉴스를 객관적이라고 생각하죠. 게다가 방송이나 뉴스는 개인의 견해보다 권위가 있어서, 사람들은 신문과 방송에서 다루는 내용을 신뢰하는 경향이 큽니다.

그렇다면 뉴스가 어떤 과정을 거쳐 보도되는지 살펴볼까요? 먼저, 사건이 생기면 기자들이 현장에 나가 취재를 해 옵니다. 하지만 취재한 모든 사건이 뉴스가 되는 것은 아닙니다. 기자들이 취재한 내용을 놓고, 신문사에서는 편집회의를, 방송국에서는 보도국

회의를 열어 뉴스로 만들지 결정하죠. 이때 뉴스 가치가 없는 것들은 폐기되고, 보도할 가치가 있는 것들만 남습니다. 그리고 중요도에 따라 분량과 순서가 정해지고, 수정과 보완을 거쳐 뉴스로 탄생하게 되죠. 이를 게이트 키핑(gate keeping)이라고 해요. 이 과정에서 뉴스를 생산하는 언론사의 관점이 반영됩니다. 그런데 여기서 주목할 것은 언론사들이 정치적인 성향을 지니고 있거나 특정한 계층의 이익을 대변할 수도 있다는 점이에요. 따라서 누구에게나 공정하고 객관적인 보도가 이루어진다는 것은 어려울 수 있죠. 더군다나 언론사 경영진이 편집에 깊이 관여할 경우 경영진에게 불리한 기사를 찾기는 어렵게 됩니다.

그럼 공정한 보도는 처음부터 기대하기 어렵겠는걸요.

꼭 그런 것은 아닙니다. 언론사를 경영하는 사람들과 전문 편집인이 엄격히 분리되면 보다 공정한 기사를 만들 수 있어요. 누구에게나 완벽하게 공정하지는 않더라도 보다 많은 사람들에게, 보다 더 공익적인 뉴스를 생산할 수 있죠.

우리나라 언론사 중에는 편집권이 완전히 독립된 경우를 찾아보기 어렵지만, 다른 나라 언론사 중에는 편집권과 경영이 분리된 경우가 많습니다. '뉴욕타임스'나 '워싱턴포스트'와 같은 세계 유수의 언론사들은 경영과 편집권이 분리되어, 사주의 손익과 무관하게 뉴스가 생산되고 있죠. 최근 우리나라에서도 편집권이 독립된 매체가 등장하기 시작했어요. 하지만 여전히 많은 언론은 경영진이 일정하게 편집에 영향을 주고 있죠. 우리 언론들도 경영과 편집권이 분리되어 보다 공정하게 뉴스를 보도하는 방향으로 나아가길 바랍니다.

기본적인 질문 한 가지 던질게요. 편집의 과정을 거치면서 가치관이 개입될 수밖에 없다고 하셨잖아요. 그렇다면 경영진이 개입하지 않는다 해도 특정한 가치관이 반영될 수밖에 없는데, 어떻게 언론이 공정성을 추구할 수 있죠?

사실 언론인이 어떤 가치관을 지니느냐에 따라 뉴스가 달라질 수 있어요. 우리가 살아가는 자본주의사회에서는 모두에게 이익이 되는 일을 기대하기는 어려워요. 누군가의 이익이 누군가에게는 손해가 될 수 있죠. 예를 들면 도심 재개발의 경우처럼 말이에요. 그런데 만약 언론사가 개발업자의 입장에서 뉴스를 제작한다면 이는 편파적인 뉴스가 될 것입니다. 특정 계층의 입장에서 뉴스를 만들면서 마치 공정한 것처럼 보도하고 있다면 여론을 잘못 이끌 수도 있거든요. 이런 경우 언론사는 누구에게 이익이고 누구에게 손해인지, 또 손익의 정도가 어떻게 되는지를 가능한 한 정확하게 분석해서 전달해 주어야 합니다. 뉴스 소비자가 올바른 판단을 내릴 수 있도록 공정하게 정보를 제시해야 하는 것이죠.

또한 공정한 언론이 되기 위해서는 뉴스를 제작할 때 공익적인 가치를 최우선으로 생각해야 합니다. 뉴스를 생산할 때 특정한 이들이 아니라 좀 더 많은 이들에게 이익이 돌아가도록 만들어야 한다는 거죠.

최근에 가짜 뉴스가 많은 논란이 되고 있는데요. 가짜 뉴스에는 어떻게 대처해야 할까요?

가짜 뉴스가 나쁜 이유는 뉴스 보도의 형식을 빌려 허위 사실을 진짜인 양 '의도적'으로 퍼뜨리기 때문입니다. 이는 사람들을 기만하고 잘못된 여론을 형성해, 각종 정책을 수립하는 데에도 악영향을 주곤 하죠. 또한 가짜 뉴스로 인해 애먼 사람들이 피해를 입기도 합니다. 예를 들어 연예인들처럼 남들에게 주목받는 사람들은 가짜 뉴스의 표적이 되기 쉬워요. 유명 탤런트 ○○○이 사망했다, 도박했다, 폭행에 휘말렸다 등등 있지도 않은 나쁜 소식이 유포되면서 이미지에 큰 타격을 입기도 하죠. 가짜 뉴스뿐만이 아니라 낚시성 뉴스도 문제예요. 선정적인 제목을 달아 놓고 실제 내용은 그렇지 않은 경우가 종종 있거든요.

가짜 뉴스에 대처하는 방법은 『슬기로운 미디어 생활』에 아주 잘 소개되어 있어요. 팝업과 배너 광고가 너무 많은 곳, 지나치게 포토샵 처리된 사진이 있는 곳, 출처를 알 수 없는 사진들이 있는 곳 등, 이런 형태를 띠고 있는 뉴스 사이트라면 우선 의심하는 것이 좋죠. 가짜 뉴스만이 아닙니다. 일반적인 뉴스를 볼 때에도 보다 공정한 시선을 갖추기 위해서는 서로 다른 성향의 기사를 함께 살펴보는 습관을 들여야 해요. 넘치는 각종 뉴스 속에서, 우리는 반드시 옥석을 가려야 하죠. 뉴스가 여론을, 여론이 정책을, 정책이 우리 삶을 결정하기 때문입니다.

게임 중독에 빠지는 이유는 무엇일까?

이 책에서 가장 인상 깊은 부분은 게임에 대해 긍정적으로 서술한 곳이었어요. 게임이 지닌 장점들을 정리해 주실 수 있을까요?

게임에 대해 긍정적인 사람보다 부정적인 사람이 더 많은 게 현실이에요. 또 실제로 게임 중독은 여러 가지 문제를 일으키기도 하고요. 그렇지만 게임 자체는 여러 가지 장점들을 많이 지닌 미디어입니다. 우선 게임은 인간의 욕망을 대신 실현시켜 줍니다. 현실에서 성취하기 어려운 욕구가 게임에서는 해소되는 것이죠. 그래서 사람들은 게임에 더욱 몰두하게 됩니다. 그리고 게임은 다른 사용자와 상호작용을 하면서 즐길 수 있어요. 이는 기존의 미디어와 크게 차별화되는 점이죠.

또 게임의 주인공은 어디까지나 사용자 바로 자신입니다. 우리가 접하는 미디어 콘텐츠들은 주인공이 따로 존재합니다. 따라서 모든 콘텐츠는 엄밀히 말해서 남의 이야기예요. 그런데 게임은 스스로가 주인공입니다. 게임 캐릭터를 설정하고, 어떤 아이템을 얻고, 또 어떤 길로 갈 것인지 등을 사용자 스스로 결정하죠. 영화 속 주인공을 흉내 내는 게 아니라 사용자 스스로가 이야기의 주인공이 된다는 것이 게임의 가장 큰 장점입니다.

게임의 또 다른 매력은 사용자 스스로 이야기를 창조한다는 데에 있습니다. 콘텐츠 속의 주인공에 머물지 않고 이야기꾼이 되어, 콘텐츠의 플롯을 그때그때 창조하죠. 스스로의 선택과 결정을 통해 플롯을 만들어 가는 것입니다. 책에서 예로 든 게임 '마인크래프트(Minecraft)'처럼, 사용자들은 자유롭게 건물을 짓고, 광산을 만들고, 농장을 가꿔서 그 주인이 될 수 있습니다.

그래서 사람들이 게임에 몰입하는 것이군요. 그런데 게임을 적당히 즐기면 좋겠지만 여기에 집착해 중독 현상을 보이는 사람이 많은데, 어째서 그런 것일까요?

게임을 즐기는 수준을 넘어 중독으로까지 나아가는 이유는 아직 정확히 밝혀지지 않았어요. 하지만 다음과 같은 이유들을 생각해 볼 수 있습니다. 먼저 게임은 현실 세계와 다릅니다. 우리가 살아가는 현실은 매우 복잡해요. 노력을 기울인다고 해서 눈에 띄는 성과가 바로 도출되는 것이 아니죠. 기울인 노력에 대한 보상과 만족을 얻으려면 꽤 오랜 시간이 필요합니다. 또 만족을 얻으리라는 보장도 없어요. 공부를 아무리 해도 생각만큼 성적이 오르지 않는 경우가 허다하고, 좋아하는 친구나 이성에게 하루아침에 배신당하는 경우도 종종 있죠. 게다가 현실 세계는 신체와 지능 이외에도 학연, 지연 등 변수들이 많아요. 이에 비하면 게임의 세계는 단순합니다. 현실에서 존재하는 온갖 제약들이 가상 세계에는 존재하지 않거나 그 영향력이 미미해요. 오히려 현실보다 공정하다는 느낌마저 듭니다.

게임의 세계는 단순한 만큼 성과도 곧바로 주어집니다. 현실과는 비교할 수 없는 적은 노력으로 아이템을 얻고 레벨을 올릴 수 있죠. 현실 세계보다 훨씬 단순한 까닭에 그만큼 집중하기가 쉬워 어렵지 않게 성취감을 맛볼 수 있습니다.

게임이 새로운 자극을 제공해 주는 것도 게임 중독을 부추기는 원인 중 하나입니다. 사람들은 누구나 자극에 반응하고 그때마다 일정하게 흥분과 쾌감을 느낍니다. 그런데 반복된 자극에는 별다른 흥미를 느끼지 못해요. 만족감을 얻지 못합니다. 하지만 게임은 비교적 쉽게 새로운 자극을 제공합니다. 게임 파트너가 달라지는 것

자체가 새로운 자극이며, 만약 하나의 게임에서 더 이상 만족을 느끼지 못하면 새롭게 출시되는 다른 게임에 참여하면 되니까요. 이러한 게임의 특성 때문에 사용자들이 쉽게 중독된다고 할 수 있습니다.

그럼 자신이 게임에 중독되었는지 아닌지를 알아보려면 어떻게 해야 할까요? 게임에 중독되었을 때 나타나는 행동 특성이 있을까요?

네, 있습니다. 먼저 시간 개념이 모호해집니다. 밤과 낮을 제대로 구분하지 못하고, 공부하거나 일을 해야 할 시간에도 게임에 빠져 있는 경우가 많죠. 대인 관계를 기피하고 방에 틀어박혀 하루 종일 게임만 하고 있다면 중독을 의심해 봐야 합니다. 또한 현실 세계에 적응하지 못하고 가족에게 폭언을 하거나 반항을 심하게 할 경우 게임 중독으로 보는 것이 좋겠죠.

일단 게임에 중독되면 스스로 게임 시간을 조절하는 능력을 상실합니다. 그리고 게임을 하고 있는 자기 자신이 한없이 초라해 보이고 보잘것없이 느껴지기도 하죠. 자존감이 떨어지고 우울감과 불안감이 엄습합니다. 정상적인 생활이 어렵다면 자신이 게임 중독에 빠졌다는 사실을 받아들이는 것이 좋습니다.

게임 중독에서 벗어나기 위한 방법은 없을까요?

중독이 되었다는 것은 이를 혼자서 조절할 수 없다는 뜻입니다. 누군가가 옆에서 중독에서 벗어날 수 있도록 도와주어야 하죠. 이는 게임 중독만이 아니라 모든 중독 현상에 해당돼요. 게임 중독에서 벗어나려면, 먼저 게임기, 컴퓨터, 스마트폰 등 게임이 가능한 기기들은 일정하게 시간을 정해 두고 사용해야 합니다. 무작정 억압하는 것은 반발을 불러올 수 있으므로 좋은 해결책이 아닙니다. 그리고 게임에 의존하는 사람들은 현실에서 좌절과 실패를 거듭하고 스트레스를 받은 경우가 대부분이에요. 그러므로 스트레스에 대처하는 건강한 방법을 함께 모색해야 하죠. 친구나 가족이 함께하는 가벼운 산책이나 운동, 대화 등이 좋은 대안이 될 수 있습니다.

또한 가상 세계가 아니라 현실 세계에 흥미와 관심을 갖도록 유도해야 합니다. 자존감이 많이 떨어진 상태이므로 비교적 친숙하거나 잘 아는 것들을 제시할 필요가 있어요. 이때 경청과 공감은 필수입니다. 경청과 공감을 해 주면 상처받은 자존감을 회복하는 데에 도움이 되기 때문이죠. 무엇보다도 중독에서 벗어날 수 있다는 믿음을 주고, 인내심을 갖고 지켜보는 노력을 포기하지 말아야 할 것입니다.

미디어가 변화시킨 우리 삶

이 책의 마지막 부분에서 지은이는 새로운 미디어를 그리스·로마 신화에서 인류가 프로메테우스 신에게 선물받은 '불'에 비유하고 있습니다. 불은 단순한 도구가 아닙니다. 어둠을 밝히고 추위를 견디게 해 주죠. 그런데 만약 불의 성격을 제대로 이해하지 못하고 잘못 사용한다면 어떤 일이 벌어질까요? 건물을 태우고 사람을 죽게 할 수도 있습니다. 따라서 어떤 도구든지 그것이 지닌 성격을 제대로 파악해야 인류의 삶에 도움이 될 수 있습니다. 미디어도 마찬가지예요. 어쩌면 미디어는 불보다 더 영향력이 큽니다. 미디어는 수면 시간 이외에 우리 생활에 늘 밀착되어 있기 때문이죠.

우리가 늘 갖고 다니는 스마트폰을 보세요. 그 안에는 많은 정보들이 켜켜이 쌓여 있습니다. 수많은 사진과 동영상, 이런저런 SNS 계정, 검색했던 흔적, 신용카드, 주고받은 이메일, 저장해 놓은 각종 파일까지, 마치 탈부착이 가능한 인공적인 뇌와도 같죠. 일찍이

111

캐나다의 미디어학자 마셜 매클루언은 미디어를 '인간의 확장'이라고 했는데, 스마트폰은 꼭 거기에 해당하는 말처럼 들립니다. 그는 미디어의 개념을 확장해서, 인간의 인식과 기능을 확장시키는 모든 도구를 미디어로 보았습니다. 예를 들어, 의복은 피부의 확장, 바퀴는 발의 확장, 책은 눈의 확장, 라디오는 귀의 확장, 전기회로는 중추신경 체계의 확장이라 할 수 있습니다. 그러니 스마트폰은 뇌의 확장이 되는 셈이죠. 따라서 어떤 미디어를 지니고 있느냐에 따라 인간의 감각과 정신은 달라지고 사회는 변화하게 됩니다. 미디어가 단순한 도구는 아니라는 뜻입니다.

본래 미디어의 사전적인 정의는 '개인의 생각이나 감정 또는 정보를 서로 주고받을 수 있도록 마련된 수단'입니다. 하지만 매클루언은 이런 정의를 따르지 않았어요. 그는 미디어가 전달하는 내용이 아니라 미디어 자체에 주목해, 미디어가 인간의 삶에 일정한 영향을 미친다고 생각한 것입니다. 이런 맥락에서 매클루언은 '미디어란 메시지다'라는 유명한 말을 남겨 놓았습니다.

인류 역사상 가장 초보적인 미디어를 떠올려 봅시다. 음성언어와 문자언어가 있죠. 서로 의미를 전달한다는 점에서 두 언어의 기능은 거의 비슷합니다. 물론 음성언어가 지닌 시공간적인 제약을 극복했다는 점에서, 문자언어가 좀 더 진전된 미디어라고 할 수 있죠. 그런데 이 둘의 차이는 이것뿐이 아닙니다. 엉뚱한 질문인데요. 여러분은 말과 글 중 무엇을 사용할 때 더 갈등을 겪게 되나요? 또 어떤 언어를 사용할 때 좀 더 이성적이고 분석적이 되나요? 혹시 친구와 싸울 때, 말이 아닌 글을 주고받으며 다퉈 본 적이 있나요? 아마 없을 거예요. 말을 주고받을 때 훨씬 감정이 고조되고 논쟁적으로 흐르기 쉽거든요. 이와 달리 말로 분석적이고 이성적인 사고를 하기란 쉽지 않습니다. 이는 음성언어와 문자언어가 지닌 고유한 특성 때문입니다. 음성언어는 감정적이고 논쟁적인 반면, 문자언어는 논리적이고 분석적이기 때문이에요. 메시지를 전달하는 기능은 같지만 미디어가 인간에게 미치는 영향은 분명히 서로 다르다는 뜻입니다.

다시 매클루언의 말을 되새겨 볼까요? '미디어는 인간의 확장이다.' 이 말은 어떤 미디어를 사용하느냐에 따라서 인간의 감각과 정신, 행동이 달라지고, 결국 인간이 과거와 다른 존재가 된다는 사실을 의미합니다. 미디어가 단순히 메시지를 전달하는 기능에서 벗어나 인간에게 일정한 변화를 요구하고 있는 것이죠. 미디어 자체가 메시지가 되는 것입니다. 음성언어는 인간을 논쟁적이고 감정적인 존재로 만들고, 문자언어는 분석적인 인간으로 만드는 경향이 있습니다. 인터넷은 인간을 네트워크 안에서 살아가는 존재로 만들고, SNS는 개인의 고유한 능력보다 인맥이나 평판이 중요한 사회를 만들어 내죠.

우리 몸에 밀착되어 있는 스마트폰은 어떻게 삶을 변화시켰을까요? 다들 알다시피 스마트폰은 언제 어느 곳에 있든지 서로 소통할 수 있게 도와주고, 업무 수행도 가능하게 만들었습니다. 따라서 새로운 인류는 고정된 장소에서 벗어나 세계 곳곳을 돌아다니는 자유를 누리게 되었죠. 어느 날은 제주도, 또 다른 날은 일본 교토에서 일을 해도 됩니다. 지구촌 구석구석으로 삶의 터전을 넓혀, 우리가 가는 모든 곳을 집과 일터로 만들 수 있죠. '시간과 공간의 자유'를 추구하다 보면, 어느 순간 미니멀 라이프(minimal life)에 다가서게 됩니다. 반드시 필요한 물건 이외에 불필요한 소비는 지양하고, 쓸데없는 것에 나를 빼앗기지 않게 되죠. 이처럼 스마트폰은 시간과 장소 구애 없이 살아가는 디지털 유목민(Digital nomad)을 가능하게 해 줍니다. 이 책에도 호모 모빌리언스(Homo mobillians), 호모 스마트포누스(Homo smartphonus)라는 말로 새로운 인류를 표현하고 있습니다.

매클루언의 말처럼 인간은 미디어를 통해 새로운 존재로 거듭나고 있습니다. 그런데 여기서 다시 한 번, 그리스·로마 신화의 교훈을 되새겨야 할 것입니다. 새로운 미디어는 긍정적인 면이 참 많습니다. 그러나 새로운 미디어가 늘 긍정적인지는 더 따져 봐야 해요. 인류에게 불이 그랬던 것처럼, 미디어는 우리 삶에 어둠을 밝히는 존재인 동시에 모든 것을 잿더미로 만들 만큼 강력한 위험성도 지니고 있으니까요. 이 사실을 잊고 미디어가 지닌 부정적인 속성에 대해 경계하지 않는다면 새로운 미디어로 확장된 인간은 끔찍한 돌연변이가 될 수도 있음을 명심해야 합니다.

이 세상에 ...
정당한 희생은
... 없다

BOOK 6

사회도 질병에 책임이 있다
『아픔이 길이 되려면』

°미국 동부 펜실베이니아주에는 로세토라는 마을이 있습니다. 이 마을은 미국으로 이주한 이탈리아 이민자들이 모여 사는 평범한 공동체였습니다. 그런데 마을에는 현대 의학이 주목할 뭔가 특별한 게 있었죠. 1960년대, 마을 사람들은 미국의 평범한 시민들처럼 술과 담배를 즐기고 소시지, 미트볼 등 비만을 유발하는 음식을 과도하게 섭취해서 비만인 사람도 꽤 많았다고 합니다. 그런데 희한하게도 이 마을 사람들에게는 심장병 환자가 거의 나타나지 않았어요. 1955년에서 1961년까지 50대 이전에 심장병에 걸려 사망하는 확률은 거의 0에 가까웠고, 전 연령층을 비교해 봐도 심장병

에 걸릴 확률이 다른 도시의 절반도 안 됐죠. 이들을 심장병으로부터 보호해 준 것이 무엇이었을까요? 조사 결과 깨끗한 물이나 공기, 또는 지역의 특산물이 아닌, 바로 마을 사람들 자신이었습니다.

로세토 사람들은 미국의 다른 도시나 마을에 비해 훨씬 친밀한 관계를 유지하고 있었습니다. 이 지역에는 할아버지, 할머니, 손자, 손녀까지 사는 대가족이 많았고 사람들은 마을 행사에 적극적으로 참여했어요. 부모를 잃은 아이들을 함께 돌봐 주고, 직장에서 부당한 처우를 받으면 마을 전체가 발 벗고 나서서 이를 개선하려 노력했죠. 서로를 돕고 아끼는 상호부조의 문화가 자리 잡고 있었던 것입니다. 이렇듯 심장병이 나타나지 않았던 이유는 식습관이나 생활 태도가 아니라 사회 연결망 덕분이었습니다. 이는 생물학적으로도 설명이 가능합니다. 인간은 친근감을 느낄 때 옥시토신이라는 호르몬이 분비된다고 해요. 그리고 옥시토신은 동맥 속에 산화질소를 생성시켜 혈관을 확장해 주고, 그 결과 혈관이 넓어지면 혈압이 떨어져 심장을 보호하게 되죠. 사회가 인간을 질병으로부터 보호해 준다는 사실이 과학적으로도 증명된 것입니다.

로세토 마을 이야기는 질병에 대해 새로운 시각을 제시하고 있습니다. 사람들은 흔히 질병을 개인의 탓으로 돌리는 경향이 있습니다. 식습관에 문제가 있어서, 게으르고 운동을 하지 않아서, 유전 등 가족력이 있어서 병이 생긴다고 생각합니다. 하지만 로세토 마을에서 보듯이 사람이 어떤 공동체 속에서 살아가느냐에 따라 병이 생기기도 하고, 생기지 않기도 합니다. 사회도 질병에 책임이 있다는 뜻입니다. 이처럼 질병의 사회적인 책임을 찾으려는 시도를 한 이가 바로 김승섭 교수입니다. 그의 책 『아픔이 길이 되려면』에는 그 해답을 찾아가는 한 학자의 치열한 고민과 노력의 흔적이 온전히 담겨 있죠. 로세토 마을 이야기도 이 책의 끝부분에 실려 있는 사례입니다.

저자는 말합니다. 인간이 질병에 시달리는 데에는 개인만이 아니라 사회가 분명히 영향을 주고 있다고 말이죠. 앞서 살펴본 것처럼 1960년대 로세토는 마을 사람들이 유기적으로 연결되어 개인이 위험과 곤란에 놓이더라도 심리적으로 위축되지 않았고 건강함을 유지할 수 있었습니다. 그런데 1970년대 이후 이 마을은 건강함을 잃기 시작했어요. 젊은 사람들이 교육과 출세를 위해 대도시로 이주하고, 소비주의 문화가 서서히 침투하면서 마을에서도 남을 배려하기보다 개인적인 이익을 좇는 이들이 늘어난 것이죠. 연대는 깨지고 경쟁은 심화되었습니다. 심장병은 어떻게 되었을까요? 불행하게도 로세토 역시 다른 지역과 마찬가지로 발병률이 높아지고 말았습니다. 로세토 마을의 경우처럼 사회는 분명하게 인간의 건강에 영향을 주고 있었습니다. 갈등과 모순이 많은 사회는 질병 발병률이 높고, 결속과 지지가 높은 사회는 발병률이 낮은 것이죠.

사회적 모순이 인체에 영향을 주는 대표적인 예는 바로 가난과 굶주림입니다. 가난과 굶주림은 여러 가지로 불편합니다. 그런데 그것이 신체의 발달과 질병까지 유발할 수 있다는 게 믿어지나요? 책에서는 가난이 우리 몸에 남긴 흔적으로 네덜란드의 대기근을 예로 들고 있어요. 1944년 겨울, 네덜란드 남부 지역이 독일군에게 점령되었습니다. 독일군은 이 지역을 봉쇄한 뒤 식량과 연료를 극도로 통제하기 시작했어요. 사람들은 필수 영양의 절반도 안 되는 식량으로 삶을 유지했죠. 임신부들도 예외가 아니었습니다. 전쟁이 끝나고 오랜 시간이 흘러 엄마 배 속에 있던 태아들은 성인이 되었습니다. 불행하게도 이들은 다른 지역의 사람들에 비해 심장병, 당뇨병 등 각종 질병에 더 많이 시달리고 말았죠. 가난과 굶주림이 정상적인 신체 발달을 가로막아 생긴 비극이었습니다.

가난이나 불안정한 사회가 질병을 더 많이 유발한다는 증거는 이 책에 다양하게 소개되어 있습니다. 가난한 사람들을 해부해 보면 부신이라는 기관이 다른 정상인들보다 훨씬 크다는 점, 폭염과 같은 자연재해를 당하게 되어도 사회적인 연대가 약한 곳에서 훨씬 더 사망자가 많이 발생했다는 점 등이 이런 예에 해당하죠. 거꾸로 사회적 연대와 결속이 강화되면서 위기를 슬기롭게 극복하여 피해를 줄인 경우도 있었어요.

이 책을 읽다 보면 가슴 아픈 장면들을 마주하게 됩니다. 가습기 살균제 사건, 성소수자에 대한 차별과 억압, 열악한 환경에서 근무하는 소방공무원들, 그리고 직업병으로 고통받는 이들까지, 바로 우리 사회를 성찰하는 내용들입니다. 우리나라는 1990년대 말 외환

위기(IMF 구제 금융)를 겪으면서 비정규직이 양산되고 고용이 불안정해졌으며, 사회적 연대가 많이 깨졌습니다.

그중에서 가장 비극적인 일은 쌍용자동차 노동자 해고 사건이었습니다. 이는 회사가 경영상의 이유를 들어 그동안 성실하게 근무했던 노동자들을 대상으로 정리 해고를 단행하면서, 이에 저항하는 사람들을 탄압한 사건인데요. 노동자들의 저항을 불법 파업으로 간주하고 공권력을 투입, 폭력적으로 진압하여 이들에게 큰 상처를 주었죠. 당시 해고 노동자들은 심한 모욕과 배신감을 느꼈고, 이후 악몽에 시달리는 등 외상 후 스트레스 장애를 겪기도 했습니다. 다행히 해고 노동자들에 대한 복직이 결정되기는 했지만 오랜 시간 동안 받았던 고통과 상처가 단기간에 사라지기는 힘듭니다. 가장 안타까운 것은 노동자 자신은 물론 가족들까지 스스로 목숨을 끊는 일이 계속 벌어졌다는 사실입니다. 사회적 연대가 깨지면서 그들이 우울증, 트라우마, 자살을 겪게 된 거예요.

이는 비단 쌍용자동차 사태만의 문제가 아닙니다. 우리나라에서 최근 일어난 재해들은 공동체가 제대로 기능하는지 의심하게 만듭니다. 삼성반도체 사업장에서 일하던 노동자가 백혈병에 걸려 희생당한 사건도 여기에 해당돼요. 이와 관련해 제보된 피해자만 150명 가까이 되고, 사망자는 50명이 넘습니다. 하지만 첫 희생자가 2007년에 사망하고 2011년에는 산업재해 판결이 내려졌는데도, 삼성반도체는 2013년에서야 사업장을 점검하는 등 계속 소극적인 자세를 보여 왔어요. 첫 희생자가 사망한 지 11년이 지난 2018년에서야 비로소 삼성반도체는 사과의 뜻을 밝히고 보상에 나서겠다고 약속했죠.

책에서는 세월호 사건도 빠뜨리지 않았습니다. 세월호 사건은 재난을 당했을 때 국가나 공동체가 전혀 작동하지 못했다는 점에서 많은 국민에게 너무 큰 충격과 상처를 안겨 주었습니다. 세월호 사건에서 더 충격적인 것은 유가족들과 생존자들을 대하는 정부와 언론, 시민사회의 대응이었습니다. 당시 정부는 제대로 정해지지 않은 대책들을 언론에 흘려 혼란만 가중시켰고, 언론은 보상금 및 대학 특례 입학 등이 특혜인 양 호들갑스럽게 보도해 생존자들의 마음에 커다란 상처를 입혔습니다. 마찬가지로 시간이 지나면서 일부 시민들마저 '아직도 우냐', '그만하라'는 등 냉소적인 시선으로 유가족과 생존자들을 비난했죠. 이 일로 그들은 더 큰 우울증과 외상 후 스트레스 장애 등에 시달리고 있습니다.

저자는 이렇게 주장합니다. 고통은 근본적으로 개인적인 것입니다. 하지만 '그 고통이 사회구조적인 폭력 때문에 생겨난 것이라면, 공동체는 고통의 원인을 해부하고 사회적 고통을 사회적으로 치유하기 위해 노력해야 한다'고 말입니다. 그러나 지금까지 우리 사회는 구성원들이 느끼는 고통을 외면했어요. 쌍용자동차 노동자 해고 사건, 세월호 사건처럼 명백히 사회적 모순으로 발생한 피해마저도 외면해 왔죠. 원인이 사회구조에 있는데도 그저 운 없이 사고를 당했다고 치부해 버린 것입니다. '거기에 내가 있을 수도 있다'가 아니라, '다행히 거기에 나는 없었다'라는 생각이 재난에 대한 사회적 책임을 묻지 않는 현실을 만든 거예요.

이처럼 사회구조적인 폭력으로 일어난 불행을 개인의 사정이나 운으로만 돌린다면 사회는 왜 필요한 것일까요? 연약하고 불완전한 개인이 연결되어 서로의 부족함을 채우며 살아가는 공간이 사회라면, 과연 우리는 사회를 이루며 살아간다고 말할 수 있을까요? 대답은 쉽지 않습니다. 우리는 경쟁이 치열한 집단 속에서 남보다 잘 살기를 바랄 뿐, 함께 잘 사는 지혜를 점차 잃어 가고 있으니까요. 연대와 결속이 깨진 사회에서 재난과 질병의 사회적 책임을 찾기란 사실상 불가능합니다. 그러므로 재난과 질병의 사회적 책임을 묻기 위해서는 무엇보다도 먼저 사회적 연대와 결속을 회복해야 합니다.

이 책과 직접적인 관련은 없지만 함께 보면 좋은 영화 한 편을 소개하겠습니다. 1998년 개봉한 〈패치 아담스(Patch Adams)〉라는 영화입니다. 이 영화 속 주인공인 헌터 아담스(로빈 윌리엄스 분)는 실존 인물로, 청년 시절 우울증에 시달려 한때 자살을 시도하기도 했죠. 그는 스스로 정신병원에 들어갔고, 그곳에서 다른 환자들을 위해 자신이 할 수 있는 일이 뭐가 있을지 고민했습니다. 그리고 이들에게 웃음을 주는 게 좋겠다는 결론을 내린 뒤 코미디를 선사했죠. 의사들의 진료에도 별다른 변화가 없던 환자들은 서서히 나아지기 시작했고, 아담스는 이 일을 계기로 의사가 되기로 마음먹고 늦은 나이에 의대에 입학합니다.

그는 의대생 시절부터 자기 집을 개방하여 환자들을 진료하고, 의사가 된 뒤에는 무료 진료소를 열어 환자들과 꾸준히 소통하고 연대했어요. 자신의 방식으로 사회적 연대와 결속을 이루어 낸 것입니다. 그는 말합니다. "의사는 단순히 의술을 시행하는 사람이 아닙니다. 의사는 무엇보다 환자의 삶의 질을 높여 주는 존재가 되어야 합니다." 환자의 삶의 질을 높여 주는 것, 이는 환자의 자존감을 높이고, 삶의 가치를 발견해 주고, 사회에서의 의미를 일깨워 주는 것이나 다름없습니다. 자신이 누군가에게 소중한 존재이고, 타인도 자신에게 가치가 있다는 사실을 느끼면서 서로 연결된 존재라는 것을 깨달을 때, 우리 삶의 질이 더욱 높아질 것입니다. 책 제목처럼 '아픔이 길이 되려면' 연대가 깨진 우리 사회를 성찰하고 하루빨리 공동체성을 회복해야 할 것입니다.

성소수자들의 건강까지 책임져야 할까?

책을 읽고 난 뒤 사회가 사람을 병들게 할 수도 있다는 사실이
정말 놀라웠어요. 또한 사회가 책임지는 모습을 보일 때
사람들이 보다 건강하게 살아갈 수 있다는 것도 신기했고요.
정말 이런 일이 가능할까요?

이 책에서 예로 든 미국의 시카고 폭염 이야기를 한번 살펴보죠.
1995년 시카고는 유난히 더운 날씨로 인해 한 달 동안 700명이 사
망했어요. 그런데 같은 폭염을 겪었던 다른 도시에 비해 시카고가
유독 사망률이 높았죠. 그래서 연구자들이 그 이유를 찾기 시작했습
니다. 여러 이유 중에 하나는 '사회적 고립'이었어요. 폭염으로 사망
한 사람들을 보면 사회생활을 하지 않는 이들이 훨씬 많았던 것입
니다. 이토록 시카고 사람들이 고립된 이유는 그들이 살아가는 공동
체가 그 기능을 잃고 와해되었기 때문이에요. 치안은 불안하고 주민

들은 서로를 믿지 않아서 폭염 같은 위기 상황에도 도움을 요청하거나 시원한 곳을 찾으러 거리로 나가지 않았던 것이죠.

1999년, 다시 시카고에 폭염이 찾아왔습니다. 이때 시카고 시는 에어컨이 작동하는 쿨링 센터를 곳곳에 만들고, 누구든지 그 센터를 이용하도록 조치한 뒤 무료 버스도 운행했습니다. 또한 경찰과 공무원, 자원봉사자들이 낙후된 건물에 사는 시민들을 일일이 찾아가 건강 상태를 체크했죠. 결과는 어땠을까요? 비슷한 수준의 폭염이었는데도, 1995년에는 700명가량이 목숨을 잃은 반면, 1999년에는 그 숫자가 100여 명으로 줄었습니다. 공동체가 함께 노력을 기울여 이뤄 낸 성과였죠. 이처럼 공동체가 노력을 기울이면 취약 계층이 건강하게 살아가는 데에 큰 도움을 줄 수 있습니다.

책에는 '공동체가 얼마나 성숙했는지를 알아보려면 집단에서 가장 취약한 이들이 어떻게 살아가는지를 보면 알 수 있다'고 쓰여 있는데, 폭염에 적극적으로 대응한 시카고는 보다 성숙한 사회로 나아가고 있다고 보면 되겠군요. 그런데 책을 읽으면서 받아들이기 힘들었던 게, 성소수자까지 굳이 취약 계층에 포함시켜야 하는 것인가요?

어려운 질문이네요. 결론부터 말하자면 우리 사회에서 성소수자는 심리적으로 크게 위축되어 있는 사회적 약자라고 할 수 있어요.

우선 책에 쓰인 것처럼 성소수자 특히 동성애자들에게는 오랜 오해가 존재합니다. 동성애를 하면 에이즈에 감염된다는 비과학적인 편견이 바로 그것이죠. 에이즈가 발견되던 당시에 그 병을 동성연애자들이 앓고 있어서 생겨난 오해인데, 오래전에 이는 전혀 사실이 아닌 것으로 판명 났습니다. 그럼에도 불구하고 에이즈가 불치병으로 알려지면서 동성연애자들에 대한 오해는 극대화되었죠. 현재는 에이즈가 불치병도 아닐뿐더러 동성애가 에이즈와 무관하다는 사실이 알려졌지만, 여전히 동성애자에 대한 편견이 강하게 남아 있어요.

동성애자들에 대한 편견은 우리 문화의 특수성과도 관련이 깊어요. 우리 사회는 전통적으로 1,000년이 넘는 세월 동안 유교적인 이데올로기 속에서 살아왔어요. 물론 현재는 유교가 지닌 영향력이 크다고 말할 수 없어요. 하지만 여전히 다른 나라에 비해 그 전통이 강하게 남아 있죠. 아직까지도 남녀가 유별하고, 남녀의 역할에도 여전히 차이가 있다고 주장하는 이들이 적지 않아요. 게다가 우리나라는 근대화 과정을 겪으면서 종교적으로는 기독교의 영향을 크게 받았습니다. 그런데 기독교에서는 동성애자나 트랜스젠더를 좀처럼 인정하려 하지 않아요. 신이 만든 자연의 질서를 위배한다고 보기 때문입니다. 이런 분위기에서 동성애자나 트랜스젠더들은 편견과 멸시, 그리고 차별을 받으며 살아가고 있어요.

그렇군요. 하지만 머리로는 이해가 가는데 곁에 동성애자가 있다면 꺼려질 것 같아요. 언젠가는 익숙해지겠죠? 그런데 사회적 편견과 건강 사이에도 큰 연관이 있을까요?

물론입니다. 책 속에서 언급한 실험 한 가지를 소개할게요. 미국 캘리포니아주립대학교 나오미 아이젠버거 박사가 2003년 과학 저널 《사이언스》에 발표한 논문에 실린 실험이에요. 게임을 할 때 의도적으로 한 사람을 따돌리면서 그 사람의 뇌가 어떻게 변하는지 확인하는 것이었죠.

실험 결과 따돌림당했던 사람의 뇌는 전두엽의 전대상피질 부위가 활성화되는 것이 확인되었습니다. 그런데 이 부위는 인간이 물리적 통증을 경험할 때 활성화되는 곳이었습니다. 누군가에게 맞아서 아픔을 느끼면 활성화되는 뇌의 영역이 따돌림을 당할 때도 활성화된 것이죠. 이 사실은 성적 소수자들이 일상적인 모욕과 차별 속에서 물리적인 고통을 당하는 것처럼 고통을 느끼고 있다는 사실을 과학적으로 증명해 주었습니다.

동성애자, 혹은 트랜스젠더가 낯선 것은 그들이 다수가 아니기 때문입니다. 일상에서 흔히 만날 수 있는 존재가 아니라 낯선 존재이기 때문에, 심리적으로 거부감이 들 수는 있어요. 하지만 그렇다고 해서 그들을 모욕하거나 차별해서는 안 됩니다. 그럴수록 그들의 정신적인 고통은 커지고 마음과 몸은 병들어 갑니다. 소수자에게 가해지는 폭력은 그 어떤 형태도 정당화될 수는 없다는 점을 깊이 깨달아야 할 것입니다.

위험한 사회, 그 속에서 지혜롭게 살아가기

책을 읽다 보니 우리가 살아가는 사회가 여러 위험에 둘러싸여 있다는 생각이 들었어요. 이 점에 대해 구체적으로 설명 부탁드려요.

현대사회는 여러 가지 위험이 도사리고 있어요. 과거와는 차원이 다른 위험이 존재하죠. 산업화 이전에는 아무리 큰 위험이라도 그 영향이 수십 명 정도에 미치는 게 대부분이었어요. 조선 시대에는 건축물이 무너진들 피해를 입는 사람은 기껏해야 몇 사람밖에 되지 않았죠. 그런데 현대사회에서 대형 건물이 무너진다고 생각해 보세요. 생각만 해도 아찔합니다. 적게는 수십 명, 많게는 수백, 수천 명까지 이용하는 건물도 있으니, 그 피해는 엄청나겠죠. 지금 우리는 과거와 달리 어째서 건물들을 대형으로 짓고 있을까요? 답은 단순합니다. 같은 땅에 높은 건물을 지으면 훨씬 효율적이기 때문이에요. 또 편리하기도 하고요. 그러나 효율이나 편리가 증가한 만큼 위험도 커졌다는 사실을 잊어서는 안 됩니다. 그리고 무리할 정도로 지나치게 효율을 추구하면 어김없이 비극이 발생했다는 것도 요. 몇 해 전 겪었던 세월호 사건은 이익과 효율만 추구하다가 억울한 이들을 희생시켰던 대표적인 사건입니다.

세월호가 침몰한 사건은 부도덕한 기업이 자기 이익만 앞세워 생겨난 사건이 아닐까요? 효율성을 추구하는 것이 위험을 가져왔다는 게 선뜻 이해가 되지 않는데요?

세월호가 침몰한 데는 부도덕한 기업이 가장 큰 문제였죠. 하지만 그것이 가능했던 이유는 옳고 그름을 따지기보다 성과에만 신경 썼기 때문이에요. 안전을 하나하나 체크하고 날씨도 꼼꼼히 살펴보고, 사전 교육을 실시하고 구조 매뉴얼도 충분히 갖췄더라면 사고는 나지 않았을 것입니다. 그런데 그런 절차를 다 무시해 버렸어요. 그래야 더 빨리 더 많이 성과를 낼 수 있으니까요. 이게 바로 이익과 효율만을 중시하는 태도라고 할 수 있죠.

세월호 사건만이 아니에요. 우리 사회에는 효율이라는 이름으로 위험을 자초하는 게 한두 가지가 아닙니다. 책에서 언급된 전공의(인턴, 레지던트)들이나 소방관들은 장시간 노동에 높은 스트레스, 안전망 없는 노동환경에서 살아가고 있어요. 전공의들은 주당 80시간 이상을 환자와 씨름하며 연구에 몰두하고, 소방관들은 육체와 정신적인 피로를 늘 지닌 채로 위험천만한 환경에서 일하고 있죠.

예산을 아끼고 효율을 늘린다는 명분으로 위험을 높이고 있는 것입니다. 이러한 환경을 바꾸기 위해서는 인력을 늘리고 처우를 개선하는 동시에, 정신적 피로를 덜어 줄 상담 시스템을 갖추는 것이 필요합니다.

우리 사회의 위험은 대부분 효율을 높이려다가 생겨났다고 봐도 되겠네요. 혹시 이 밖에 우리 사회에서 주목해야 할 위험은 없을까요?

유감스럽게도 위험은 도처에 존재해요. 특히 과학이 발달하면서 우리는 각종 화학제품에 둘러싸여 살아가고 있어요. 그런데 이것들은 예기치 않은 위험을 지닐 때가 적지 않아요. 예를 들면 새로 입주한 아파트에서 방사능 물질인 라돈 수치가 높게 나타난다든가, 또는 아이들 장난감에 중금속 물질이 들어 있다든가, 또는 우리가 즐겨 먹는 식품 속에 치명적인 독소가 들어 있다든가 하는 경우도 있죠. 여러 사건들 중에서 우리에게 가장 큰 상처를 준 일은 가습기 살균제 사건입니다.

가습기 살균제를 처음 개발한 곳은 우리나라인데요. 1990년대 중반 개발 당시 호흡기를 통해 인체로 흡입되는 위험성에 대해 충분한 임상 시험도 하지 않은 채 출시되었다고 합니다. 회사들은 판매 실적을 올리기 위해 안전성을 과장했고, 이로 인해 150명이 넘는 사망자가 발생했죠. 하지만 당시 판매된 가습기 살균제를 사용한 사람은 무려 800만 명이 넘어요. 유해성이 밝혀지기 전 이로 인해 사망한 사람이 얼마나 되는지, 또 지금까지 고통받는 사람은 얼마나 되는지 명확하게 밝혀내기가 어려운 실정이죠.

따라서 저자는 새로운 물질로 인한 피해를 줄이기 위해서는 무엇보다 사전주의 원칙을 지킬 필요가 있다고 강조합니다. 새로운 물질을 사용할 때는 이를 사용하려는 기업과 사람들이 제품의 유해성에 대한 자료를 사회 전체에 제시하고 설득해야 한다는 거예요. 또한 그 물질에 영향을 받을 대중이 의사 결정 과정에 참여할 수 있도록 제도를 개선해야 한다고 말합니다. 위험할수록 숨길 것이 아니라, 위험할수록 공개해서 피해를 최소화해야 한다는 것입니다.

다른 나라는 어떻게 위험에 대처하고 있는지 궁금합니다.
또 실생활에서 위험에 대처하려면 어떻게 해야 할까요?

유럽연합(EU)은 2007년 6월부터 화학물질에 대한 규제인 '리치(REACH, Registration, Evaluation, Authorization and Restriction of CHemicals)'를 도입했습니다. 이 규제는 독성 정보가 없는 화학물질의 사용 및 판매를 금지하고, 해당 기업이 독성 확인을 위한 비용을 감당하도록 했죠. 우리나라도 '화학물질의 등록 및 평가 등에 관한 법률'이 2015년부터 시행 중에 있지만 아직은 미흡한 수준입니다. 최근 경제를 살리기 위해 불필요한 규제를 줄이겠다는 추세인데, 적어도 독성 물질에 대한 규제는 더욱 강화되어야 한다고 봅니다.

실생활에서 위험에 대처하기 위한 방법에는 한국소비자원 등에 적극적으로 화학물질의 부작용을 알리는 방법이 있습니다. 화학제품을 사용하다가 문제가 발생하면 우선 정부 당국에 바로 알려야겠죠. 최근에는 화장품에 포함된 화학물질이나 식품첨가물 등의 유해성을 알려 주는 어플리케이션이 있으므로 이를 적극적으로 활용하는 것도 좋은 방법입니다. 이렇듯 유해 물질에 대한 교양과 상식을 넓혀서, 물건을 살 때 그 성분을 꼼꼼히 확인하는 일도 잊지 말아야겠습니다.

: 책으로 세상 읽기 :

사회는 왜 존재하는가?

『아픔이 길이 되려면』은 사회 역학에 대한 책입니다. 역학이란 어떤 지역이나 집단 안에서 발생하는 질병의 원인을 찾고, 그것들이 어떻게 변화하는지를 추적 조사하여 연구하는 학문이죠. 과거에는 주로 전염병의 발생과 유행, 종식에 미치는 조건 등 전염병의 예방과 치료를 연구했다면, 현재는 재해나 공해 등의 문제까지 폭넓게 다루고 있습니다. 또한 이 과정에서 사회구조가 인간의 질병에 어떤 영향을 미치는지도 연구하고 있죠. 특히 이 책에서 저자는 사회가 질병에 일정한 책임을 져야 한다고 말하고 있습니다. 어째서 사회가 인간이 앓고 있는 질병까지 책임을 져야 하는 것일까요? 더 근본적으로, 어째서 사회는 개인의 삶에 대해 책임을 져야 하는 것일까요? 각자 아프면 치료받고, 스스로 건강을 챙기면서 자신의 삶을 잘 가꿔 나가면 그만인데 말이죠. 더 나아가, 어째서 인간은 혼자만 잘 살려 하지 않고 사회를 이루고 살아가는 것일까요?

자연 세계를 살펴보면 무리를 이루며 살아가는 존재가 꼭 인간만은 아니라는 사실을 알 수 있습니다. 바닷속에서 살아가는 작은 물고기들은 떼를 이루어 살아가고, 공중에 날아가는 새들도 무리를 지어 이동합니다. 개미와 메뚜기처럼 곤충들도 군집을 이루어 살아가죠. 연약한 개체만 무리를 이루는 것은 아니에요. 사자나 코끼리, 물소처럼 커다란 개체들도 집단을 이루어 살아갑니다. 왜 그럴까요? 답은 단순합니다. 그것이 생존 전략이기 때문입니다. 홀로 있을 때보다 훨씬 덜 위험하거든요.

인간도 마찬가지입니다. 공동체를 이루고 살아가는 것이 삶에 유리합니다. 얼핏 생각하면 강한 인간은 굳이 공동체를 이루지 않아도 생존할 수 있다고 생각할지 모릅니다. 힘없는 약자들이나 모여 사는 것이라고 여길 수 있죠. 그러나 강자들은 다음과 같은 이유로 홀로 살아가는 게 어렵습니다. 먼저, 강자들이 언제까지나 강자로 남아 있는 것은 아닙니다. 늙고 병들고 지치면 언제든 약자가 되죠. 둘째, 약자의 반격도 무시할 수 없습니다. 약자들은 강자를 속일 수도 있고, 때로는 무리를 이루어 공격할 수도 있습니다. 셋째, 강자라고 해서 모든 면에서 강한 존재는 아닙니다. 누군가에게 도움과 지지를 받아야 할 때가 존재합니다. 따라서 강자도 혼자가 아니라 공동체를 이루고 살아야 해요. 그러니 강자의 생존 전략도 공동체를 이루고 살아가는 것이 될 수밖에 없습니다.

인류가 공동체를 이루고 살아가는 이유는 공존을 위한 것입니다. 17, 18세기 유럽의 계몽주의 철학자들은 이런 공존의 논리를 만들기 위해 노력했습니다. 왕이나 귀족 같은 특권층, 다시 말해 강자의 이익을 위해 국가와 사회가 존재하는 것이 아니라, 사회 구성원 전체의 생명과 재산, 자유를 지키기 위해 공동체가 존재한다는 것을 힘주어 이야기했죠. 토머스 홉스는 개인과 개인이 서로 경쟁하는 약육강식의 자연으로부터 벗어나야 한다고 주장했고, 존 로크는 시민들이 합의하여 의회 권력을 만든 뒤, 이를 통해 사회 구성원의 재산과 생명을 보호할 것을 주장했습니다. 또한 루소는 시민들이 사회계약을 통해 최초의 합의된 권력을 만든 다음, 정치인들을 공공의 일꾼으로 삼아서 공동체를 유지해야 한다고 보았습니다. 서로 차이는 조금씩 있으나 이 모든 논의의 바탕에는 '인간이 공동체를 이루어 살아가는 이유는 그 안에 속한 모든 이들의 자유와 행복을 위한 것'이라는 전제가 가로놓여 있습니다.

그런데 만약 우리 사회에서 강자는 생명과 재산, 자유를 보장받고, 약자는 보장받지 못한다면 어떨까요? 이를 진정한 사회라고 말할 수 있을까요? 혹은 사회의 목표를 이루었다고 말할 수 있을까요? 절대로 아닙니다. 이는 사회를 만들어 낸 이유와 정반대되는 결과를 초래한 것이라 할 수 있습니다. 이 책에서도 밝혔듯이 한 사회를 평가하기 위해서는 그 사회에서 가장 약한 존재가 어떻게 살아가고 있는지 파악해 보면 알 수 있습니다. 만약 능력이 모자란다고 해서 최소한의 삶을 보장받지 못한다면, 그 사회는 존재할 이유가 없어요. 약자는 권리를 빼앗기고, 강자는 과도한 권리를 누린다면, 이는 약육강식의 자연 상태나 별반 다르지 않을 것입니다.

현재 우리 사회는 어디에 속해 있을까요? 약자도 공존할 기회를 얻는 건강한 사회라고 할 수 있을까요? 안타깝게도 이 질문에 대해서 많은 이들이 고개를 가로저을 것입니다. 부익부 빈익빈 현상이 갈수록 심각해지면서 계층 간의 양극화도 심화되고 있기 때문이죠. 부자들이 부동산으로 더 많은 돈을 버는 동안, 서민들의 살림살이는 더욱 팍팍해진 게 현실입니다. 젊은이들은 일자리가 줄어들어 일할 기회조차 얻지 못하고, 중·장년층은 빨라진 은퇴 시기로 생활에 어려움을 겪는 경우가 적지 않죠. 특히 젊은이들은 취업을 한다 해도 널뛰는 부동산 가격에 가족을 이루는 것조차 주저하는 실정이에요. 아마 그사이 우리나라 사람들의 정신적 스트레스 수치는 꾸준히 높아졌을 것입니다. 육체적 건강 역시 위협받기는 마찬가지입니다. 청년들은 컵밥과 삼각김밥으로 끼니를 때우기 일쑤고, 중·장년층은 일하느라 지쳐 건강을 돌볼 여유조차 없으니까요.

현실이 이렇다면 과연 우리 사회는 '올바른 사회'라고 말할 수 있을까요? 구성원들의 생명과 건강마저 위협받는 공동체라면, 이런 공동체는 구성원들에게 아무런 의미가 없습니다. 내가 한 사회에 속해 있고, 그 사회가 진정으로 존재한다고 느낄 때는 언제일까요? 스스로 성공했다고 생각할 때, 혹은 건강하고 행복할 때, 혹은 자유를 만끽할 때일까요? 물론 그때도 느낄 수 있겠죠. 그러나 스스로 불행하다고 생각할 때, 아픔과 질병에 시달릴 때, 좌절과 실패를 거듭하고 생명에 위협을 느낄 때 이웃과 사회가 나서서 손을 내밀어 준다면 그때 비로소 사람들은 자신이 한 사회의 구성원이고, 진심으로 보호받고 있음을 느낄 것입니다. 우리 사회가 앞으로 더욱 성숙한 공동체가 되기 위해서는 서로에 대한 믿음과 연대가 절실히 필요하다는 사실을 잊지 말아야 할 것입니다.

BOOK 7

누구를 위해 실험은 계속되는가
『나쁜 과학자들』

　°'마루타'라는 말을 들어 보셨나요? 일본어로 껍질만 벗긴 통나무를 뜻하는 말입니다. 하지만 이 단어는 통나무라는 뜻보다 인체 실험 대상자라는 말로 더 익숙하죠. 제2차 세계대전 당시 일본의 세균전 부대 중 하나인 731부대에서는 페스트균, 콜레라균 등 각종 전염성 세균이 인체 내에서 어떤 작용을 하는지 살피는 실험을 자행했는데, 그때 실험 대상자들을 가리키는 말이 마루타였습니다. 알려진 바에 따르면, 1940년 이후 매년 600명의 마루타들이 생체 실험 대상이 되어 최소한 3,000여 명의 중국인, 러시아인, 한국인, 몽골인이 희생된 것으로 드러났죠. 731부대만이 생체 실험을 한 것은

아닙니다. 우리가 잘 아는 윤동주 시인도 일본의 후쿠오카 감옥에서 정체 모를 주사를 여러 차례 맞은 뒤 사망하고 말았으니까요.

그렇다면 이처럼 인권을 무시하고 잔인한 실험을 시행한 나라는 전쟁을 일으킨 일본밖에 없을까요? 물론 아닙니다. 가장 먼저 떠오르는 국가는 함께 전쟁을 저질렀던 독일입니다. 히틀러의 나치 독일은 유태인들을 강제수용소에 감금한 뒤, 온갖 생체 실험을 저지른 것으로 유명합니다. 페스트, 말라리아를 비롯해 티푸스, 황열병까지, 치명적인 균들을 유태인에게 주사하여 병의 경과를 살펴보았죠.

그렇다면 제2차 세계대전을 일으킨 군국주의 국가에서만 이런 일이 벌어졌을까요? 이것 역시 아닙니다. 놀랍게도 영국은 일본에 사용할 독가스를 개발하기 위해 당시 식민지였던 인도의 군인들을 대상으로 생체 실험을 했습니다. 프랑스는 핵실험 직후 방사능이 인체에 미치는 영향력을 측정하기 위해 알제리인을 폭격 장소로 데려가는 등 알제리인을 대상으로 생체 실험을 했다는 의혹을 받고 있고요. 그리고 미국은 1700년대부터 1940년대까지 아프리카인, 고아, 지적장애인 등 힘없는 이들을 대상으로 꾸준히 인체 실험을 실시했습니다. 불편한 진실이지만 우리가 누리는 현대 의학은 불법적인 생체 실험과 인권유린을 바탕으로 얻은 성과였던 것입니다.

비키 오랜스키 위튼스타인의 『나쁜 과학자들』은 현대 의학이 의학 기술의 발전을 꾀하기 위해 저질렀던 인권유린과 불법 실험에 대한 보고서입니다. 이 책을 통해 저자는 과거에서 현재에 이르기까지 여전히 자행되고 있는 인체 실험의 역사를 고발하고 있습니다. 그런데 인체 실험의 역사는 인류 전체의 역사를 살펴볼 때, 그렇게 오래되지는 않았습니다. 중세까지만 해도 인체 실험은 고사하고 해부도 엄격히 통제되었고, 의학자들은 환자에게 조금이라도 해를 끼치는 행위를 삼갔죠.

기원전 5세기 그리스의 의학자 히포크라테스는 의학자가 지켜야 할 윤리의 지침을 정리했습니다. 흔히 그의 이름을 따서 '히포크라테스 선서'라고 불리는 지침입니다.

나는 환자에게 도움이 된다고 생각한 처방을 따를 뿐 환자에게 해를 끼칠 수 있는 처방은 절대로 따르지 않겠다. 나는 어떤 요청을 받더라도 치명적인 의약품을 아무에게도 투여하지 않을 뿐만 아니라, 그렇게 하도록 권고하지도 않겠다.

이 글에서 보듯, '히포크라테스 선서' 중 가장 핵심은 '환자에게 해를 끼치지 않는 것'이었습니다. 모든 의사들이 '히포크라테스 선서'를 따른 것은 아니었지만, 대부분의 의사들은 이를 지키려고 노력했죠. 물론 그 시절에도 새로운 치료법이 시도되었습니다. 의사들은 질병의 진행 과정을 관찰하고 다른 의사들과 상의하며 다양한 치료법을 시도했죠. 하지만 그런 시도들은 해당 환자의 치료를 위해서만 실시되었습니다.

분위기가 달라진 것은 1700년대부터였습니다. 일부 의사들이 천연두와 같은 질병의 치료법을 찾기 위해 위험한 실험을 하기 시작했습니다. 한 번도 병에 걸리지 않은 건강한 어린아이들을 실험에 이용하기 시작한 것이죠. 대표적인 예로 천연두 백신을 발견한 에드워드 제너의 실험을 들 수 있습니다. 어느 날, 제너는 우두에 감염된 사람은 천연두에 걸리지 않는다는 말을 듣고, 이를 이용해 백신을 만들기로 마음먹습니다. 마침 우두 종기가 난 농부가 있어서 그에게서 고름을 빼냈죠. 그런데 실험에 응할 이가 마땅히 없었습니다. 결국 제너는 자기 정원사의 아들인 제임스 핍스를 실험 대상자로 삼았습니다. 그때 아이의 나이는 고작 여덟 살이었습니다. 결과가 좋아서 다행이었지만 당시 아이가 실험에 자발적으로 응했을지는 의문이에요. 아이 아버지가 제너를 위해 일하는 사람이었으니 실험을 거부하기는 어려웠을 것입니다.

놀라운 일이지만 1800~1900년대 초까지 아이나 성인에게 치료를 할 때 환자의 동의는 전혀 필요하지 않았습니다. 의사들은 아직 개발 중이거나 실험 중인 위험한 처치를 환자들에게 아무 거리낌 없이 행할 수 있었죠. 환자의 동의가 필요한 현대적인 의료법은 한참 후에야 만들어졌어요. 당시 의사들은 치료보다 실험에 가까운 일을 아무 죄의식 없이 행했습니다. 이때 가장 많은 희생을 치른 이들은 아프리카계 미국인 노예들이었습니다. 혈액 속에 있는 칼슘의

농도가 낮아지는 병을 치료한다는 명분 아래 흑인 어린아이의 머리 뼈를 열어 실험하는가 하면, 방광에 생긴 병을 치료한다며 흑인 여성을 30여 차례나 수술한 일도 있었죠. 마취제도 사용하지 않은 채 말입니다.

의사들의 인류을 저버린 실험은 이후로도 계속되었습니다. 1900년대 초에는 주로 고아들이 실험 대상이었습니다. 의사들은 성병을 옮기는 매독균을 주사하기도 하고, 소아마비 바이러스를 접종하여 아이들의 목숨을 앗아 가기도 했습니다. 아이들뿐 아니라 군인들도 실험에 동원되기는 마찬가지였어요. 제1차 세계대전 당시에는 외과 의사들이 장티푸스 보균자를 지닌 군인들의 쓸개를 제거하는 수술을 강제로 시행했고, 가장 최근에는 세균전을 대비하기 위해 군인들에게 탄저병 백신을 투약했다고 합니다. 이 백신은 만성피로, 호흡곤란, 감정 기복 등 부작용이 상당하여 군인 수백 명이 접종을 거부하는 등 논란을 일으켰죠.

역사상 가장 끔찍한 생체 실험은 전쟁 중에 일어났습니다. 제2차 세계대전 당시 독일은 아우슈비츠 등 유태인 강제수용소에서 생체 실험을 반복했어요. 알몸의 수감자들을 9~14시간 동안 찬물에 들어가게 하거나, 밀폐된 방에 가둔 채 산소의 양을 줄이고, 독이 든 음식을 먹이고, 말라리아·티푸스·황열병 바이러스를 주사하고, 성욕 억제제를 주입하는 등 온갖 반인륜적 실험을 진행했죠. 게다가 우생학 논리에 빠져, 신체 기형의 유전적 장애를 지닌 35만여 명의 독일인에게까지 강제 불임수술을 시행하기도 했습니다.

미국도 생체 실험에서 예외는 아니었습니다. 히틀러가 원자폭탄을 손에 넣을 경우를 대비해, 미국은 원자폭탄 제조를 위한 일명 '맨해튼 프로젝트'라는 비밀 연구를 시작했습니다. 이때 의학 분야에서 민간인들을 대상으로 신체에 방사능 물질을 주입하는 실험이 이루어졌죠. 물론 환자들의 동의는 전혀 구하지 않았습니다. 전쟁이 끝난 후에도 방사능 관련 인체 실험은 줄어들지 않았습니다. 미국은 구소련과 핵전쟁을 치를 상황에 대비해 사람들에게 온갖 방사능 실험을 실시했죠. 1945년 테네시주 밴더빌트대학병원 의사들은 임신부 800여 명에게 방사능에 노출된 음료를 마시게 했고, 메사추세츠공과대학 연구자들은 장애가 있거나 가난한 소년들에게 방사성 철과 칼슘을 첨가한 오트밀을 먹였습니다. 이와 더불어 미국 정부는 비키니섬의 핵실험을 포함해 1992년까지 총 1,030개에 해당하는 핵무기를 터뜨리며, 핵폭탄 실험과 방사능이 인체에 미치는 영향에 대해 실험했습니다. 대학과 기업, 정부 가릴 것 없이 비밀리에 생체 실험을 벌였던 것입니다.

인권이 존중되고, 반인륜적인 실험에 대해 성찰하는 지금, 분명히 과거보다 생체 실험은 줄어들었습니다. 하지만 그 양상이 달라졌을 뿐, 여전히 세계 곳곳에서 행해지고 있습니다. 최근 생체 실험은 인도, 아프리카 등 개발도상국이나 저개발국가의 국민을 대상으로 이뤄지고 있어요. 가난한 이들에게 경제적 보상과 의학 서비스를 제공하겠다며 새로운 약들을 임상 시험하고 있죠. 연구소와 기업이 공개적으로 실험 대상자를 모집하는 경우도 생겨났습니다. 안타까운 점은 자본의 유혹에 이끌려 위험을 감수하는 사람들이 매년 늘어나고 있다는 점입니다.

생체 실험은 일본의 731부대나 독일의 나치처럼 특수한 이들만 행하는 게 아닙니다. 우리가 살아가는 주변에서도 꾸준히 이루어지고 있죠. 그렇다고 모든 실험이 유해한 것은 아니고, 예전보다 실험 참가자를 보호하는 데에 주의를 기울이고 있기는 해요. 하지만 생체 실험에 대해 경각심을 가지고 성찰하지 않는다면 과거와 같은 비극은 얼마든지 되풀이될 수 있습니다.

생체 실험은 언제 시작되었을까?

책을 읽다 보니 너무나 충격적인 실험들이 많아서 입을 다물 수
없었어요. 더군다나 1940년대 독일이나 일본처럼 군국주의
국가가 아니라 개인의 자유와 권리를 중시하는 미국에서도 생체
실험이 있었다는 게 믿기지 않았습니다. 어떻게 이런 일이
가능할 수 있죠?

인간이 같은 인간을 대상으로 실험했다는 게 참으로 믿기지 않
죠. 그런데 책에 나온 실험 사례를 살펴보면 어째서 이런 일이 가능
했는지 짐작할 수 있어요. 우선 실험에 알게 모르게 참여한 이들 중
에는 권력을 지녔거나 부유한 사람들이 거의 존재하지 않았습니다.
가장 많은 부류는 아프리카 출신의 흑인 노예와 고아, 지적장애인,
식민지인, 유태인, 하급 군인들이었죠. 일부 일반인과 양심적인 의
사들도 더러 있었지만 대부분은 사회적 소수자이자 약자가 실험 참

가자였어요. 어째서 의사들은 이들을 실험 참가자로 삼았을까요? 그 해답은 의사들이 이들을 자신과 같은 보편적인 인간 존재로 받아들이지 않았기 때문입니다. 단적으로 말하자면 이들을 이류나 삼류 인간쯤으로 취급했던 것이죠.

사람은 누구나 공감 능력을 지니고 있습니다. 자기와 관계없더라도 누군가가 괴로워하거나 고통을 당하면, 이를 보고 슬퍼하지 않을 수는 없죠. 영화를 보거나 소설을 읽어도 감정이 흔들리니까요. 그런데 이는 어디까지나 대상이 유기체일 때입니다. 사물이 찌그러지거나 망가졌다고 해서 가슴이 미어지는 슬픔을 느끼지는 않아요. 물론 아끼는 물건일 때는 다르겠지만요.

그런데 이 의사들은 같은 인간이 자신 때문에 고통을 겪고 있는데도 태연하게 실험을 진행했습니다. 과연 그들이 실험 참가자를 인간으로 생각했다면 그럴 수 있었을까요? 실험을 하던 의사들은 실험 대상자를 더 이상 자신과 같은 사람으로 보지 않았습니다. 당장 눈앞에서 종이처럼 구겨지거나 유리처럼 깨어져도 괜찮은 존재로 여겼던 거예요.

사람을 사물처럼 대했다는 말씀이시군요. 그런데 어째서 고대나 중세 때가 아니라 근대에 와서 생체 실험을 하게 된 것인가요? 오히려 고대나 중세 때 신분이 천한 노예나 하층민들을 대상으로 실험하기가 훨씬 수월했을 텐데요.

좋은 지적입니다. 실제로 고대나 중세 때는 신분 질서가 있어서 노예나 하층민을 실험 대상자로 삼기가 좋았을 것입니다. 그런데도 생체 실험을 하지 않았던 이유는 고대인이나 중세인이 현대인보다 도덕적으로 더 훌륭해서 그런 것은 아니에요. '히포크라테스 선서'가 영향을 미친 면도 있겠지만, 고대나 중세 때는 실험을 통한 과학이 발전하지 않았기 때문입니다. 자연과학이 비약적으로 발전한 것은 근대 과학혁명이 일어난 이후의 일이에요. 그 이전에는 자연과학이 성장하지 않았어요. 실험을 통해 결과를 얻으려는 생각조차 하지 않았죠.

그러면 과학혁명이 시작된 곳은 어디일까요? 여러 곳을 들 수 있겠지만 갈릴레오 갈릴레이가 활동했던 이탈리아를 빠뜨릴 수 없습니다. 이탈리아는 중세 때 이미 볼로냐에 대학이 세워질 정도로 학문이 발전한 곳이었죠. 그 볼로냐 인근에 있는 파도바에서 인체에 대한 본격적인 연구가 진행되었습니다. 해부학 강의가 시작된 것이죠. 사람의 몸이 관찰과 실험의 대상이 된 것입니다. 이렇게 볼 때, 근대과학이 발달하면서 인체에 대한 실험도 가능했다고 할 수 있어요.

그런데 해부학에 쓰인 것은 살아 있는 신체가 아니라 죽은 신체 아닌가요? 살아 있는 신체를 실험으로 삼았던 데에는 또 다른 이유가 있지 않을까요?

맞아요. 이탈리아 파도바에서는 시체를 대상으로 해부가 이루어 졌죠. 생체 실험이 이루어진 것은 1700년대 이후의 일입니다. 생체 실험이 이루어지기 위해서는 인간을 같은 인간이 아니라 실험을 위한 도구로 받아들여야만 가능해요. 인간을 목적이 아니라 도구로 여겨야 하는데, 이런 생각에 영향을 준 게 자본주의죠. 과학적인 사고가 널리 퍼지고 자본주의가 싹트면서, 자연을 바라보는 사람들의 태도가 달라졌어요. 과거에 사람들은 자연을 신성하고 신비로운 존재로 생각했습니다. 인간의 지식으로는 설명이 불가능했기 때문이죠. 그런데 과학혁명으로 인해 자연이 설명 가능한 대상으로 변모했습니다. 또한 자본주의가 무르익으면서 개발해야 할 대상이 되어 버렸죠. 인간의 노동력으로 자연을 개발하면 이윤이 창출되는 이치를 사람들이 알게 된 거예요. 이제 자연은 이윤 창출의 목적을 달성하기 위한 수단으로 바뀌게 되었습니다.

자연이 도구화된 것처럼 인간도 도구화되기 시작했습니다. 18세기 과학이 발달하고 자본주의가 자리 잡은 영국에서 자본가들은 이윤을 창출하기 위해 사람들을 수단으로 사용하기 시작했습니다. 이윤을 창출하기 위해 인권은 무시되었고, 노동자들은 비인간적인 작업환경에서 장시간 노동을 해야 했죠. 심지어 어린아이들까지 10시간이 넘도록 일에 시달렸습니다. 이런 일은 인간을 '나'와 같은 살아 있는 존재가 아니라 생산수단 중 하나로 여겼기에 가능한 일이에요.

현재는 법률로써 인권을 보호하고 노동자들의 권리를 존중해 자본주의를 보완하고 있지만, 자본주의는 본질적으로 인간을 목적이 아니라 수단으로 삼는 경제구조입니다. 이런 구조에 익숙해지면 어떻게 될까요? 자본가들이 노동자를 수단으로 삼듯이, 의사들이 환자들을 실험 대상으로 삼는 일이 충분히 가능하겠죠. 물론 실험 대상자들은 권력도, 돈도 없는 약자일 테고요.

자발적 실험 참가자들이 늘어나는 까닭은?

지난날 생체 실험이 아주 잘못된 것은 알겠습니다. 그러면 더 이상 이런 잘못을 저지르지 않기 위해, 사람들은 어떤 노력을 기울이고 있나요?

우선 '뉘른베르크 강령'을 들 수 있습니다. 이 강령은 나치 전범을 재판하는 과정에서 나온 결과물이에요. 주요 내용을 보면, 실험 대상자의 동의를 사전에 구할 것, 실험 대상자에게 신체적·정신적 피해를 입히지 말 것, 사람에게 실험하기 전에 동물에게 실험할 것 등 인권과 실험 대상자를 보호하는 내용으로 이루어져 있죠. 또한 1979년 미국에서 만들어진 '벨몬트 보고서'에는 인간을 대상으로 한 연구는 인간 존중의 원칙, 선행의 원칙, 정의의 원칙을 지켜야 한다고 명시되어 있습니다. 그 뒤로도 실험 대상자를 보호하는 법률은 각국에서 꾸준히 만들어졌어요.

미국의 경우 과거와 달리 정부에서 의학 실험을 통제하고 있습니다. 특히 지적장애인이나 어린아이처럼 사회적 약자에 대한 연구는 엄격히 통제되고 있죠. 과거 실험에 대한 반성도 진행됐어요. 냉전 시기에 미국은 핵무기 개발 과정에서 방사능 피폭 실험을 실시했는데, 이에 대해 정부가 공식적으로 사과하기도 했습니다.

과거 잘못을 반성하고 실험의 안정성도 많이 보완되었다니 다행이네요. 그렇다고 해도 사람들은 여전히 임상 시험을 꺼릴 것 같은데요. 의학 발전을 위해서 불가피한 실험도 있을 텐데 이 문제는 어떻게 해결하고 있나요?

정말 의아한 일인데, 시험 대상자를 못 구해 연구를 하지 못하는 일은 없을 것 같습니다. 이 책에 따르면 임상 시험에 참여하려는 희망자 수가 매년 증가하는 추세거든요. 2005년도에만 해도 전 세계 2,000만 명에 가까운 사람이 임상 시험에 참가하기를 희망했다고 합니다. 자발적으로 위험을 감수하겠다는 것인데 어째서 이렇게 많은 이들이 임상 시험에 참가하기를 희망할까요?

가장 먼저 떠올릴 수 있는 이유는 치료를 간절히 원하는 환자들의 심리를 들 수 있어요. 우선 기존 약에 큰 효능을 보지 못한 환자들은 신약의 유혹으로부터 자유롭지 못합니다. 또한 효과를 보는 제품이 있다 해도 더 좋은 제품이라며 의사가 권할 때는 별다른 의심 없이 신약 개발에 참여하게 되죠. 의사의 권위가 환자를 압도하기 때문에 환자는 의사의 권유를 뿌리치기가 힘들어요.

임상 시험에 참여하는 환자들은 이해가 됩니다. 그런데 엄청난 지원자가 모두 환자들은 아닐 것 같아요. 그들 중에는 건강한 이들도 있을 텐데, 그들은 왜 임상 시험에 참여하는 것인가요?

우선 공익을 위해서 위험을 감수하려는 사람들을 들 수 있습니다. 정말 숭고한 뜻을 지닌 사람들이죠. 과거 생체 실험 초창기에는 선의를 지닌 의사들이 자신에게 직접 실험을 감행한 적이 있었어요. 제2차 세계대전 때는 미국에서 수많은 사람들이 실험에 자원하기도 했고요. 그 이유는 국가를 위해 어떻게든 도움이 되어야겠다는 애국심 때문이었어요. 가스에 노출되고, 맨 팔을 말라리아모기에게 내주고, 새로 개발된 백신 주사를 맞는 등 그들은 기꺼이 실험에 참여했죠. 실험 자원자 중에는 당연히 군인들이 많았습니다. 군인들은 다른 이들보다 나라를 지킨다는 사명감을 더 강하게 지녔고, 또 상관의 명령에 불복종하는 것이 어려웠기 때문이에요.

그런데 이런 행위가 옳다고 말할 수는 없습니다. 애국심은 종종 강요되는 경우가 있기 때문이에요. 국가를 최우선 가치로 여기는 사상을 국가주의라고 하는데, 국가주의는 개인에게 희생만을 강요하는 경우가 많습니다. 우리나라에서도 과거에 줄기세포 관련 연구가 진행되면서 국가의 이익을 앞세워 연구원들에게 난자를 기증받은 일이 문제가 된 적이 있었죠.

나라를 위한다는 명목 아래 개인의 희생을 강요하다니, 이해하기 힘든 문제네요. 그런데 최근에는 돈을 받고 실험에 참여하는 이들도 있다던데요?

맞습니다. 요즘은 직업적으로 실험에 참가하는 이들이 생기고 있어요. 주로 대학병원, 종합병원, 혹은 제약회사 등에서 실시하는 실험에 꾸준히 참여하는 이들이죠. 이들이 실험에 참여하는 이유는 무엇보다 돈을 벌기 위해서입니다. 가난한 대학생들이 아르바이트로 실험에 참여하는 일도 종종 있고요. 우리 사회처럼 고용이 불안하고 소득분배가 잘 이루어지지 않는 나라일수록 실험에 자원하는 이들이 많은 편이에요. 특히 인도, 아프리카, 동남아시아, 동유럽 등 개발도상국이라든가 저개발국가에서는 경제적인 이유로 실험에 참여하는 사람들이 많습니다.

문제는 임상 시험을 실시하는 제약회사들은 대부분 선진국에 있으면서, 임상 시험은 가난한 나라의 국민들을 대상으로 한다는 점입니다. 신약 하나가 개발되면 그 이익은 천문학적인 규모인데 정작 개발을 위해 위험을 무릅쓰고 시험에 참가한 이들에게는 아주 적은 급료만이 제공됩니다. 값비싼 신약이 개발되어도 시험에 참여한 이들은 신약의 도움을 전혀 받을 수 없는 아이러니가 생겨나게 되죠.

지금까지의 내용을 정리해 보자면, 최근 임상 시험 참가자들이 늘어나는 까닭은 몸 상태가 더 나아지기를 기대하는 환자들과 사회에 기여하겠다는 숭고한 생각을 지닌 이들, 그리고 경제적인 이득을 얻고자 참가하는 이들이 존재하기 때문이에요. 자발적 시험 대상자들이 늘어난 만큼 그들에 대한 안전한 관리와 시험 담당자들의 윤리적 책임이 반드시 뒤따라야 할 것입니다. 위험을 무릅쓰고 임상 시험에 참여한 이들에게 정당한 대가를 지불해야 하는 건 물론이고요.

다수를 위한 소수의 희생은 정당한가?

할리우드의 마블 영화 시리즈 중 〈어벤져스: 인피니티 워〉(2018)는 악당 타노스가 우주의 균형을 맞추기 위해 절반의 세계를 파멸시키려 한다는 설정으로 되어 있습니다. 톰 행크스가 주연을 맡은 영화 〈인페르노〉(2016)에서는 한 과학자가 인구 과잉으로 인류가 멸종 위기에 직면했다고 주장하며, 전염병을 퍼트려 사람들을 희생시키려 하죠. 두 작품 모두 상업적인 목적으로 만들어졌지만 메시지는 분명합니다. '누군가를 위해서 다른 누군가가 희생되어서는 안 된다'는 것입니다. 그런데 만약 다수의 희생이 아니라, 소수의 희생이라면 어떨까요? 인류의 절반이 아니라 극히 일부가 다수를 위해 희생한다면, 그것은 정당화되지 않을까요?

『나쁜 과학자들』에서 우리가 꼭 생각해 봐야 할 문제는 '다수를 위해 소수의 희생이 필요한가'에 관한 것입니다. 반인륜적인 생체 실험을 저질렀던 나치의 군인들은 전범 재판을 받는 과정에서 자신의 죄를 인정하지도, 부끄러워하지도 않았습니다. 그들은 오히려 비인간적인 실험을 옹호하면서, 더 많은 사람을 구할 수 있다면 몇몇 사람들에게 해를 끼쳐도 괜찮다는 논리를 펼쳤습니다. 심지어 독일인의 건강과 행복을 위협하는 열등한 사람들은 죽어도 된다는 이유를 들기도 했죠.

우리가 살아가는 현실에서도 정도는 다르지만 소수에게 희생을 강요하는 때가 종종 있습니다. 예를 들면 자유무역 협상을 벌일 때, 우리는 국가 전체의 이익을 위해 특정 분야에 대해서 희생을 요구하기도 해요. 주로 국제경쟁력을 갖추지 못한 농업 분야가 희생되는 일이 많죠. 또한 토지와 관련해서는 공익을 위해 소유권에 대한 제한이 이루어지기도 합니다. 이에 따라 개발제한구역으로 묶여 재산권을 행사하지 못하는 일도 생기곤 하죠. 소수의 희생은 생체 실험처럼 무시무시한 것이 아니라 일상에서도 어렵지 않게 볼 수 있는 일입니다.

사회 전체로 보면 다수를 위한 소수의 희생이 이익을 증가시킨다고 할 수 있습니다. 이익이 증가하고 손해가 줄어드는 것은 효율적이고 합리적인 결정이에요. 만약 소수를 일일이 배려하면 어떻게 될까요? 아마 사회적인 비용이 더 증가할 것입니다. 예를 들면 재개발 예정 지역에 살던 사람들이 너무 가난해서 이주를 할 수 없는 상황이라고 생각해 봅시다. 그들을 일일이 배려한다면 개발은 늦어지고 예상하지 못한 비용이 발생하여 이익이 크게 줄어들 것입니다.

소수를 배려하다가는 다수가 얻을 개발 이익에 손해가 생기게 되죠. 효율만 따지면 이는 합리적인 결정이 아닙니다. 가난한 소수를 희생시키고 개발을 신속히 추진하여 더 큰 이익을 얻는 것이 가장 효율적인 결정이라 할 수 있죠.

그런데 여기서 잠깐, 가장 효율적인 것이 꼭 옳은 것일까요? 목적을 이루기 위해 과정을 합리적으로 하자는 것이지, 효율 자체가 목적이 될 수는 없습니다. 이러한 효율이 무엇을 위한 것인지 진지하게 생각해 봐야 한다는 의미입니다.

우리는 언젠가부터 공동체에서 다수가 결정권을 갖는 것에 익숙해져 있습니다. 다수의 결정에 따라 소수의 의견은 묵살되고, 소수의 희생을 불가피하게 받아들이는 경향이 있죠. 이른바 다수결 원리에 의해 의사결정을 하는 데에 익숙해져 있습니다. 다수결 원리가 널리 받아들여진 데에는 영국의 철학자 존 로크의 영향이 큽니다. 그는 시민사회가 최초로 만들어질 때는 만장일치의 계약을 통해 이루어지지만, 일단 형성된 뒤부터는 다수의 동의에 따라 움직일 수밖에 없다고 주장합니다. 하나의 공동체는 하나의 방향으로 나아갈 수밖에 없으므로 공동체 내부의 가장 커다란 힘, 곧 다수의 동의대로 나아가야 한다고 주장한 것이죠. 그의 주장대로 현대 정치에서 선거 등 대부분의 투표는 다수결 원리에 의해 치러지고 있습니다.

그런데 당시 로크는 다수결 원리에 따른 결정만 신뢰한 것은 아니었습니다. 그는 의회의 권력 이외에 지배자에게 가장 강력한 권리인 '대권(大權)'을 쥐여 주었습니다. 대권이란 '공공선(公共善)을 위해서라면' 법을 위반하면서까지 재량껏 행동할 수 있는 권리를 말합니다. 이는 로크 스스로가 다수결의 한계를 인정한 것이나 다름 없습니다. 다수의 결정이 공공선에 배치되는 결정을 내릴 수도 있다는 의미죠. 다수결 원리가 지닌 전제도 현대사회에서는 반드시 올바른 것이 아닙니다. 하나의 공동체가 반드시 하나의 방향으로만 나아가야 한다는 로크의 전제는 다원화된 사회에서는 받아들여지기 힘듭니다.

다수에 따른 결정이 신속하고 효율적일 수는 있습니다. 그러나 그것이 언제나 옳은 결정이 될 수는 없습니다. 기업이나 특정 정치 세력이 자신들의 이득을 위해 언론을 이용해, 더 나아가 교육을 이용해 다수의 의견을 이끌 수도 있기 때문이에요. 이렇게 보면 다수가 이익을 얻기 위해 소수에게 희생을 요구하는 것은 정당화되기 어렵습니다. 효율과 합리만 따진다면, 다수의 결정을 따르고 사회적 약자인 소수를 희생시키는 게 옳겠죠. 그런데 효율과 합리는 무엇을 위해 존재할까요? 바로 이득을 얻기 위해서죠. 그렇다면 우리가 이득을 추구하는 이유는 무엇일까요? 공동체 구성원들 모두가 만족감을 얻기 위해서입니다. 개인의 안전과 생명, 재산을 보호하기 위한 것이 핵심이죠. 그런데 누군가에게는 이득이고 누군가에게는 희생이라면, 이를 과연 공동체라고 할 수 있을까요? 아무리 희생하는 사람이 소수라 할지라도 말입니다. 희생당하는 사람 입장에서는 공동체의 일원이라는 생각이 안 들 것이고, 결국 공동체는 조금씩 균열이 생기다가 끝내 붕괴되고 말 것입니다. 따라서 진정한 공동체라면 개인의 의사를 마땅히 존중해야 합니다.

하지만 현실에서 이는 쉬운 일이 아닙니다. 사실 현실에서 정치적인 결정을 할 때는 다수의 의견을 따를 수밖에 없습니다. 그렇더라도 절대로 소수 의견을 무시하면 안 되고, 다소 시간이 걸리더라도 의견을 조율하는 과정이 필요해요. 또 다수의 의견을 채택했을 경우, 소수의 의견이 무시되지 않도록 제도적인 보완도 필요하죠.

그런데 인간의 자유권이나 생명권과 관련된 일인 경우 이야기는 달라집니다. 다수를 위해 소수의 자유권이나 생명권을 침해하는 일은 절대로 있어서는 안 돼요. 다수든 소수든, 인간은 모두 존엄한 존재이기 때문입니다. 철학자 칸트는 이렇게 말했어요. "인간을 수단으로 대하지 말고 목적으로 대하라." 애국심이나 도덕심을 명분으로 삼아서, 혹은 지적장애를 가졌거나 가난하다는 이유로 이들을 수단으로 대하여 희생을 강요하는 일은 결코 일어나서는 안 됩니다. 언젠가는 그 소수가 '나' 자신이 될 수도 있기 때문입니다.

함께 살아가는 ...
... 지혜

BOOK 8

인간과 동물이 함께 살아가려면
『희망의 이유』

°현생인류를 가리키는 학명은 잘 알려진 대로 호모사피엔스(Homo Sapiens)입니다. 18세기 스웨덴의 생물학자 린네가 이름을 붙였죠. 여기서 호모(Homo)는 '영장류'를 가리키고, 사피엔스(Sapiens)는 '지혜롭다'는 뜻입니다. 따라서 호모사피엔스는 지혜로운 영장류를 가리키죠. 다른 동물들과 달리 인간은 지혜로운 존재인 것입니다. 인간이 도구를 활용하고, 사회를 이루며 살아온 것도 모두 지혜를 지니고 있기 때문이에요. 철학자 베르그송은 이 점에 착안하여 인간을 호모파베르(Homo Faber), 즉 도구적인 인간으로 명명하기도 했습니다. 지혜를 가지고 도구를 사용하는 존재가 인간뿐이라고

생각했으니까요.

그런데 이제 이런 생각은 더 이상 진실이 아닙니다. 왜냐하면 인간만 도구를 사용하는 존재가 아니라는 사실이 한 동물학자에 의해 명명백백하게 드러났으니까요. 그 동물학자는 인간이 아닌 다른 영장류도 도구를 사용하고, 사회를 이루며 살아간다는 것을 밝혀냈습니다. 그 학자가 바로 한평생 침팬지를 연구해 온 제인 구달입니다. 그의 책 『희망의 이유』는 제인 구달의 오랜 탐험과 연구의 기록입니다.

제인 구달은 어린 시절부터 유난히 동물에 대한 애정이 각별했습니다. 제인은 암탉의 알이 어디에서 나오는지 궁금해 온종일 닭장 안에 들어가 지켜보는가 하면, 해변에서 주워 온 바다 달팽이들을 온 집 안에 풀어 놓기도 했죠. 『정글북』과 『타잔』을 즐겨 읽으며 침팬지 인형을 늘 품에 안고 있던 사랑스러운 소녀였습니다. 그러나 제인의 유년 시절, 세상은 무척 혼란스러웠습니다. 세계 곳곳에서 제2차 세계대전이 진행 중이었고, 신문에서는 연일 유태인들의 학살 소식이 전해졌죠. 제인이 살던 도시에도 독일군의 폭격이 이어지는 등 전쟁의 위기가 일상화되어 있었습니다. 그런 혼란스러운 와중에도 다행히 제인은 배려와 존중이 가득한 가족과, 사랑의 실천을 강조하는 기독교의 가르침 속에서 자연과 호흡하며 자랄 수 있었습니다.

행복했던 유년을 뒤로하고 런던에서 직장 생활을 하던 어느 날,

제인은 절친했던 친구 '클로'로부터 한 통의 편지를 받게 됩니다. 클로는 자신이 현재 가족과 함께 케냐에 살고 있다며, 제인에게 케냐에 방문할 것을 제안했습니다. 제인은 친구의 말에 어려서부터 꿈에 그려 온 대자연의 땅 아프리카로 주저 없이 향합니다. 그리고 이를 기점으로 그녀의 인생은 완전히 바뀌게 됩니다.

아프리카에 도착한 제인은 그곳에서 저명한 고생물학자 루이스 리키와 운명적인 만남을 갖습니다. 그는 인류의 조상을 찾기 위해 선사시대 화석을 찾고 있었죠. 제인은 곧장 리키의 개인 비서가 되어 화석을 찾아 나섭니다. 그러던 어느 날 루이스는 제인에게 한 가지 제안을 합니다. 동물에 대한 제인의 각별한 애정과 관심을 눈여겨보고 그녀에게 침팬지 연구를 의뢰한 것입니다. 유전적으로 인간과 가장 유사한 침팬지를 연구하면 인류를 이해하는 데에 도움이 될 것이라고 여겼기 때문이죠. 제인은 주저 없이 이를 수락해 1960년 7월, 스물여섯의 나이에 야생의 한복판 아프리카의 '곰베'(탄자니아 서부)로 들어갑니다. 침팬지가 인간을 공격하고 심지어 잡아먹기도 한다는 소문이 돌고, 밀림의 한복판에서 야생동물이 언제 공격할지 모르는 상황이었지만 그녀는 두려워하지 않았습니다.

주목할 것은 제인이 그때까지만 해도 전문적으로 동물학을 공부한 사람이 아니었다는 점입니다. 그녀는 가정 형편상 대학에 진학하지 못하고, 비서 학교를 졸업한 뒤 비서로 일을 하고 있었어요. 지식도 짧았고 학문적인 체계도 갖추지 못한 아마추어였습니다. 그러나 이런 단점이 오히려 침팬지를 연구하는 데에 장점이 되었어요. 무엇보다 선입견 없이 자연 그대로의 침팬지를 관찰할 수 있었고, 침팬지를 연구 대상으로만 바라본 것이 아니라 깊은 애정을 갖고 접근할 수 있었죠. 그녀가 기존 학문을 익히지 않았던 것이 오히려 자유로운 관찰을 가능하게 해 주었던 것입니다.

놀라운 일들이 관찰되었습니다. 침팬지가 나뭇가지를 이용해 흰개미를 사냥하는 장면이 목격된 것입니다. 이성을 사용하여 도구를 만들고 그것을 이용하는 존재는 인간밖에 없다는 통념이 깨지는 순간이었죠. 호모파베르, 즉 도구를 사용하는 영장류는 더 이상 인간을 정의하는 말이 될 수 없었습니다. 또한 '지혜로운 영장류'인 호모사피엔스도 인간에만 해당되는 것이 아니었어요. 제인은 자신이 관찰한 놀라운 결과를 곧바로 리키에게 알렸고 학계는 크게 술렁거렸습니다. 그들은 제인의 연구 성과에 주목하기 시작했죠.

제인은 곰베에서 생활하면서 침팬지가 인간처럼 가족을 이뤄 살며, 심지어 고아까지도 입양해서 기른다는 사실도 알아냈습니다. 인간만이 사회생활을 하는 것은 아니라는 사실이 밝혀졌죠. 또한 침팬지들이 처지가 딱한 동료에게 연민을 느끼고, 가끔은 자기를 과시하기도 하며, 상대방에게 질투와 같은 감정도 느낀다는 것을 파악했습니다. 침팬지를 관찰하면서 제인은 스스로에 대한 이해도 넓혀 나갔습니다. 특히 침팬지가 자기 새끼를 출산하고 양육하는 과정을 보면서, 인간이 자기 자식을 보호하는 것이 자연으로부터 온 본성이라는 사실을 몸소 깨닫기도 했죠.

비극적인 일도 있었습니다. 인류가 전쟁을 일으키듯 침팬지들 사이에서도 무자비한 영역 다툼이 벌어진 거예요. 자기편끼리 무리 지어 다니면서, 홀로 떨어져 있는 다른 무리의 침팬지를 사냥 먹이 를 다루듯 무자비하게 공격했습니다. 심지어 동족의 새끼를 잡아먹 기까지 했고요. 자기 집단에 속하지 않는 존재를 폭행하고 살해하 는 모습은 인간들의 모습과 크게 다르지 않았습니다.

제인은 인간이든 침팬지든 문화를 종분화하는 것이 위험을 초 래한다고 보았습니다. '문화적 종분화'란 어떤 집단에서 신념을 공 유하는 선별된 내부의 집단을 만들고, 그 신념을 따르지 않는 다른 이들을 제외하려는 경향을 가리킵니다. 인류는 문화를 종분화하면 서 전쟁과 폭동, 분쟁에 휩싸여 왔어요. 어린 시절 제2차 세계대전 을 경험하고 유태인들이 아무 죄 없이 학살당하는 모습을 보면서, 제인은 문화적 종분화가 얼마나 위험한 것인지를 잘 알고 있었습니 다. 이런 현상이 침팬지 세계에서도 나타난다는 사실에 크게 안타 까워했죠. 인간이 전쟁과 폭력을 일삼는 것이 자연에 뿌리를 두고 있다는 점에 절망감을 느끼기도 했습니다. 하지만 제인은 희망을 포기하지 않았습니다.

내가 희망을 가지는 세 번째 이유는 전 세계의 젊은이들에게 새 로운 시각과 열성, 에너지가 있기 때문이다. 환경, 사회문제가 자신들에게 남겨진 유산의 한 부분인 것을 깨달은 이 젊은이들은 잘못된 것을 바로잡으려는 의지를 가지고 있다. 그들은 당연히 맞서 싸우려고 한다. 미래의 세계는 그들의 것이기에, 이것은 매우 중요한 문제이다. …

나는 이보다 더 중요한 일이 없다고 생각하여, 젊은이들을 위한 프로그램인 '뿌리와 새싹'에 많은 시간을 할애하고 있다. 프로그램의 이름은 상징적인 의미를 가진다. 뿌리들은 땅 밑 어디에나 파들어가서 튼튼한 기반을 마련한다. 그리고 새싹들은 어리고 자그맣게 보이지만, 빛에 도달하기 위해서라면 벽도 뚫을 수 있는 힘을 가지고 있다. 인구 과잉, 무분별한 벌목, 토지 침식, 사막화, 가난, 굶주림, 오염, 인간의 탐욕, 물질 중심주의, 잔인함, 범죄, 전쟁 등 인간들이 지구상에 가져온 모든 문제들이 그러한 벽이다. 수백, 수천의 뿌리와 새싹들인 전 세계 젊은이들이 그 벽을 뚫을 수 있다. 이 프로그램은 개인의 가치를 강조한다. 우리들 각자는 모두 중요하며, 맡은 역할이 있고, 변화를 가져올 수 있다.

— 제인 구달, 『희망의 이유』(궁리)에서

제인은 현재 동물학자뿐만 아니라 환경 운동가로도 활약하고 있습니다. 그녀는 서식지를 잃어 가는 침팬지와 학대받는 동물을 보호하기 위해 오늘도 세상을 향해 외칩니다. 아무리 인간이 폭력과 전쟁의 유전자를 가지고 있어도, 희망은 존재한다고 말입니다. 제인은 이렇듯 끝까지 인류에 대한 애정을 놓지 않았습니다.

『희망의 이유』는 제인 구달의 인생 여정을 고스란히 담고 있습니다. 자연과 동물에 대한 애정이 남달랐던 유년기, 뜨거운 사랑에 빠진 청년 시절, 이후 두 번의 결혼과 육아 등 그녀의 진솔한 고백이 담겨 있죠. 이와 더불어 제인이 침팬지를 연구하는 과정에서 겪은 여러 가지 에피소드를 전하며 재미와 감동을 줍니다. 또 아프리카 내전과 연구원들의 잇따른 납치 사건을 폭로해, 인간 사회의 탐욕과 폭력성에 대한 반성을 촉구하고 있기도 해요. 이렇듯 많은 내용이 담겨 있지만, 이 책에서 우리가 가장 주목할 것은 끝까지 희망을 놓지 않는 저자의 '낙천주의'가 아닐까 합니다. 무엇이 그녀의 희망을 구성하고, 또 그 희망은 어떻게 해야 현실이 되는지 끝까지 곱씹으며 함께 읽어 보았으면 합니다.

영장류는 이기적인 존재인가?

낯선 아프리카에 정착해 침팬지 연구에 일생을 바치는 제인
구달의 모습이 정말 감명 깊게 다가오네요. 이 책을 읽으면서
제인 구달의 어떤 모습이 가장 인상 깊으셨나요?

무엇보다 저는 제인 구달의 용기와 인내, 그리고 꾸준함에 경의
를 표하고 싶습니다. 그녀가 활동하던 시기, 아프리카에는 내전을
겪는 나라들이 많았어요. 그 과정에서 무장한 사람들이 순수한 연
구자들을 납치해 몸값을 요구하는 일마저 벌어지곤 했죠. 제인이
활동하던 지역에서도 학생들이 납치되는 등 위험한 상황이 일어났
어요. 그런 환경에서도 물러서지 않고 연구를 지속한 그녀의 용기
가 놀라울 따름입니다.

게다가 아프리카 밀림은 맹수들에게 공격을 당할 위험이 늘 도
사리고 있습니다. 실제로 제인도 사자와 맞닥뜨린 일이 있었으니까

요. 무엇보다 제인이 연구해야 할 대상인 침팬지가 사람을 잡아먹는다는 소문까지 돌았는데, 이에 아랑곳하지 않고 젊은 나이에 밀림으로 간 게 대단하다고 생각했습니다. 책에서 보니 정말로 침팬지는 공격성이 대단하고, 심지어 서로를 잡아먹기까지 하더군요. 그런데도 연구를 포기하지 않은 점이 존경스러웠어요.

방금 전에 침팬지가 서로를 잡아먹는다고 했는데, 남을 배척하고 이기심을 채우려는 모습이 인간과 참 많이 닮아 있다는 생각이 들어요. 과연 영장류의 이기심은 어디서 비롯된 것일까요?

영장류의 이기심에 대해서는 여러 가지 가설이 존재해요. 무엇보다 유전적 요인을 그 원인으로 보는 이론이 있어요. 제인 구달이 언급한 리처드 도킨스의 『이기적 유전자』에 나온 내용이 대표적이죠. 이 책에서는 인간을 포함한 모든 생명체를 오직 이기적인 유전자의 명령을 수행하는 도구로 보았습니다. 유전자의 최종 목적은 자기 존재를 유지·확장시키는 것으로, 생명체는 결국 이 목적을 위해 로봇처럼 행동할 뿐이라고 보았죠. 그의 주장에 따르면 인간이 타인을 돕는 것도 이기적인 동기에서 비롯됐을 뿐입니다. 다른 사람이 잘되는 것이 자신의 생존을 돕고 유전자를 퍼뜨리는 데에 도움이 되기 때문에 이타적인 행동을 하는 것이라고 생각했죠. 유전자가 모든 생명현상에 우선하고, 유전자의 명령에 따라 생명이 진화해 왔다는 도킨스의 주장은 꽤 설득력 있어요. 영장류의 이기심을 설명하는 데에도 이기적인 유전자 개념이 유용하죠.

하지만 인간이나 침팬지의 이타적인 행동마저 이기적인
유전자의 작용이라고 보는 것은 무리가 있지 않을까요?

맞아요. 아무래도 좀 무리가 있죠. 도킨스의 견해가 합리적인 면이 있지만 그것이 완벽하다고 생각하지는 않아요. 예를 들면 죽음의 위험을 감수하면서까지 새끼 침팬지를 보살핀 청년 침팬지가 있었어요. 새끼 침팬지는 어미를 잃고 고아가 되어 있었죠. 구성원들의 관계가 험악해진 사회 동요기에 큰 수컷들이 새끼 침팬지를 공격하면, 청년 침팬지는 얻어터져 쓰러지는 것을 무릅쓰고라도 새끼 침팬지를 구했어요. 이렇게 보면 다른 새끼를 돌봐 준 침팬지의 행동은 순수하게 이타적인 행동이라고 봐야 합니다. 죽음을 당하면 자신의 유전자를 퍼뜨릴 수 없으니까요. 따라서 이러한 헌신을 유전자의 이기적인 계산과 연결 짓는 건 지나친 해석이이에요. 침팬지의 희생을 오로지 자기 자신을 위한 것이라고 보기는 어렵죠.

그렇다면 이러한 특성을 다른 각도에서 규명할 필요가 있지
않을까요?

리처드 도킨스의 견해가 합리적인 부분은 있지만, 저도 인간이 단지 유전자의 명령을 수행하는 도구라는 주장에는 동의하지 않아요. 분명히 생존에 대한 이기적인 욕망은 있겠지만 인간의 모든 행동을 유전자의 명령으로만 설명하기는 어려우니까요. 예를 들어 인간이 유전자의 명령대로만 살아가는 존재라면 스스로 목숨을 끊는일을 설명하기는 어렵겠죠.

저는 인간이 자율적인 의지로 유전자의 힘을 거스르며 살아가고 있다고 생각해요. 유전자로 인해서 뼛속 깊숙이 이기적인 속성이 잠재되어 있다고 해도, 이것을 상쇄하고도 남을 이타적인 요소들이 결합되어 결국 인간성을 형성하지 않을까요? 지난 역사를 되돌아보면 인류는 끝없는 이기심으로 전쟁과 환경 파괴를 일삼기도 했지만, 이와 반대로 평화와 공존을 위한 눈물겨운 노력도 해 왔으니까요.

유전자는 이기적으로 행동하라고 명령하지만, 인간은 자율적인 의지로 타고난 본성을 극복한다고 보시는 건가요?

그렇죠. 제인 구달이 『희망의 이유』를 쓴 까닭은 인류에 대한 믿음이 있었기 때문입니다. 다시 말해서 영장류에게는 이기적이고 폭력적인 성향뿐만 아니라 이들을 통제할 능력도 있다는 것이죠. 인간은 유전자의 명령을 따르는 존재라고 주장한 리처드 도킨스조차 이런 점을 인정하고 '문화적 유전자'*라는 개념을 소개하기도 했어요. 인간이 자연적인 본성에서 벗어나 인간 고유의 문화를 유지해 나가는 점에 착안하여 만들어 낸 개념이죠. 참고로 문화적 유전자란 사상이나 종교, 이념, 관습도 자기 복제적인 성격을 띠며 널리 퍼진다는 것에 주목해, 이들을 유전자의 하나로 규정한 것입니다. 인간은 한편으로 이기적인 유전자의 영향을 받지만, 다른 한편으로는 문화적 유전자의 영향을 받아 평화와 공존을 모색하려는 노력도 꾸준히 기울이고 있어요.

육식 문화와 채식주의, 어떻게 받아들일까?

『희망의 이유』를 읽은 후에 우리가 논의해 볼 만한 내용으로 또 무엇이 있을까요?

워낙 다양한 주제를 빼어난 글솜씨로 다루고 있지만, 그중에서도 가장 논란이 될 만한 주제로 '육식 문화'에 대해 이야기해 보았으면 합니다. 제인 구달은 육식 문화에 대해 다소 비판적인 시각을

●　리처드 도킨스가 자신의 책 『이기적 유전자』에서 처음 사용한 말로, 이러한 문화적 유전자를 '밈(meme)'이라고 한다. 곧 부모가 자식에게 유전자(gene)를 통해 생물학적인 특성을 물려주는 것처럼, 문화는 문화적 유전자 밈을 통해 다음 세대에게 전달된다. 밈이라는 이름은 '모방하다'라는 뜻의 그리스어 'mimeme'에서 따온 것이다.

지니고 있어요. 그가 육식 문화에 비판적인 이유는 동물도 인간과 마찬가지로 감정과 고통을 느낀다는 사실을 몸소 깨달았기 때문입니다. 그렇다면 동물을 사랑하는 것과 육식 문화는 절대로 공존할 수 없을까요? 사실 지구상에 존재하는 동물 중에는 육식을 하는 동물이 절반을 넘습니다. 그러고 보면 육식도 자연의 한 현상인데, 인간이 고기를 먹는 것만 동물 학대로 보는 건 조금 불합리하지 않나 생각해 봤습니다.

육식 문화를 지지하는 사람들은 대체로 어떤 입장을 지니고 있나요?

육식을 찬성하는 사람들은 이를 비판의 대상으로 삼는 것 자체에 거부감을 나타냅니다. 실제로 우리가 맛있는 음식을 먹을 때 느끼는 행복감은 그 무엇과도 비교할 수 없는 소중한 가치라고 할 수 있어요. 음식을 섭취하는 것은 기본적인 욕구이기도 하지만, 마땅히 존중받아야 할 인간의 행복 추구권에 해당한다고도 볼 수 있죠. 따라서 이들은 육식 문화를 비판하는 것은 인간의 기본권에 시비를 거는 것이나 다름없다고 주장합니다.

무엇보다 이들은 음식 문화에 대해 옳고 그름의 잣대를 적용하는 것 자체가 문제라고 봅니다. 육식 문화를 비판하는 측에서는 생명이 있는 것을 먹거리로 희생시켜서는 안 된다고 주장하는데, 이러한 주장이 옳다면 채식도 비판받아야 한다는 것이죠. 극단적으로 생각하면 오직 나무에서 떨어지는 열매만 먹고살아야 하는데, 이게 현실적으로 가능하냐는 것입니다.

듣고 보니 그런 면이 있네요. 그럼 육식을 반대하는 이들은 어떤 입장을 지니고 있나요?

우선 인간을 이해하는 관점에 차이가 있어요. 아무리 육식이 자연이 인간에게 준 본성이라 하더라도, 인간은 이를 극복해야 한다고 주장합니다. 육식이 생물학적인 유전자의 명령에 따르는 것이라면, 인간은 문화적인 유전자를 지니고 있으므로 얼마든지 극복할 수 있다고 보는 것이죠. 이들은 육식 문화를 고수하느냐 마느냐는 어디까지나 인간의 신념과 의지에 달렸다고 생각합니다.

실제로 채식주의자들을 보면 육식을 즐기지 않는데도 충분히 건강하고 행복한 삶을 살고 있어요. 영양이 불균형하지 않느냐는 비판을 받을 때도 있지만, 실제로 채식을 선택했다고 해서 영양이 부족해 곤란을 겪는 사람은 많지 않죠. 이들은 모든 논란을 떠나서 인간처럼 고통을 느낄 줄 아는 동물을 먹잇감으로 삼는 것이 너무 안타깝다고 느낍니다. 동물의 고통을 자신의 고통처럼 여기는 것은 지나친 감정이입이 아니라, 생명에 대한 최소한의 예의라고 생각하는 것이죠.

육식을 완전히 없애지는 못할지라도 현재의 육식 문화는 개선이
필요하다고 생각해요. 우선 육류 소비가 지나치게 급증하고 있습니
다. 소 한 마리를 키우기 위해서는 많은 사료가 필요해요. 소는 1년
간 약 4톤의 옥수수를 먹는데, 4톤이면 굶주림에 지친 아프리카의
수많은 아이들을 살릴 수가 있어요.

더 맛있는 고기를 많이 먹는 일이 타인의 고통을 외면하는 행동
이 될 수도 있습니다. 잘사는 사람들의 입맛을 채우려고 밀림을 개
간하여 작물을 재배하고 그것으로 가축을 사육하고 있으니, 육류
의 과잉 소비는 밀림의 소멸과 더 많은 온실가스의 배출로 이어질
것입니다. 이렇게 생각하면 현재 인류가 지나치게 육식에 탐닉하는
것은 반성할 여지가 충분히 있어요.

저는 사실 음식 문화가 육식에서 채식으로 바뀌는 것은 일종의
진보라고 생각합니다. 인류는 아주 오랫동안 동물이 감정이나 아픔
을 느끼지 못한다고 생각해 왔죠. 하지만 제인 구달을 비롯한 여러
동물학자들에 의해 동물도 감정을 느낄 수 있다는 사실이 밝혀졌어
요. 사회가 갈수록 진보해서 이러한 사실을 깨닫는 사람들이 늘어
나면 육식 문화에 대한 반성도 지금보다는 폭넓게 이루어질 것이라

고 생각합니다. 다만 아직은 그 깨달음이 소수의 인류에게만 도덕처럼 받아들여지고 있는 실정이죠.

지금 시점에서 육식 문화를 개선하는 마땅한 방법은 없을까요?

우선 동물을 죽이지 않고 인간이 고기를 먹을 수 있는 방안을 마련하는 것이 좋겠죠. 그리고 동물을 사육하더라도 밀림을 파괴하는 등 인간의 생존을 위협하는 일은 없어져야 합니다. 이 밖에 동물들의 사육 환경을 개선하는 것도 중요한 일이라고 생각해요.

그런데 얼마 전 이런 문제를 해결할 만한 연구가 진행되고 있다는 사실을 신문 기사로 접했습니다. 아직 상용화되지는 않았지만 배양육이 미래의 먹거리 대안으로 떠오르고 있다고 하죠. 배양육이란 살아 있는 동물의 세포를 배양한 뒤 증식시켜 만든 인공 고기를 가리켜요. 이러한 세포공학 기술은 아직 연구 단계에 있지만, 실용화되면 동물도 살리고 집단 사육에 따른 환경오염도 줄일 것으로 기대되고 있죠. 갈수록 늘어나는 고기 수요를 해결하면서 동물도 보호할 수 있으니 충분히 논의할 만한 가치가 있다고 봅니다.

동물 복지에 대한 단상

『희망의 이유』에서 제인 구달은 침팬지 연구 못지않게 생태 문제에 깊은 관심을 기울였습니다. 특히 인간의 탐욕으로 인해 침팬지의 서식지가 줄어들고, 개체 수가 감소하는 것에 큰 우려를 표시했죠. 그뿐만이 아닙니다. 그녀는 침팬지를 식용으로 잡거나 동물 실험용으로 사용하는 것에도 문제를 제기했어요. 야생의 숲에서 동물과 일생을 보낸 그녀는 감정을 느끼고 고통에 신음하는 그들의 모습을 누구보다 가까이서 지켜보았을 것입니다. 그래서 그녀의 주장에는 힘이 실려 있습니다.

이제는 이 같은 사실이 일반인들 사이에서도 널리 퍼지면서 동물 학대에 대한 비판의 목소리가 커지고 있어요. 이와 함께 동물 행복권에 대한 관심이 늘고 있죠. 이러한 가운데 중요한 이슈로 떠오른 것이 바로 '동물 복지'입니다. 그러나 아직까지도 우리 사회에서는 동물 학대 소식이 사람들의 눈살을 찌푸리게 할 때가 참 많아요.

여러분도 동물실험이나 야만적인 도살 행위들을 고발하는 뉴스를 본 적이 있을 것입니다.

사실 동물 학대는 우리 일상에서 광범위하게 이루어지고 있습니다. 사람들이 아무 생각 없이 입는 옷이나 바르는 화장품, 먹는 약에도 그 흔적이 남아 있죠. 화장품 회사들이 제품의 유독성을 테스트하기 위해 토끼를 혹사시킨다는 사실은 이미 널리 알려져 있습니다. 자동차 회사들 역시 매연의 안전성을 실험하기 위해 원숭이에게 매일 장시간씩 배기가스를 흡입시켜 충격을 주었죠. 학대는 이처럼 동물과는 전혀 관련이 없어 보이는 분야에서도 일어나고 있습니다.

꼭 기업들만 동물에게 잔인한 행위를 하는 것은 아닙니다. 우리 주변에서 일어나는 학대의 대표적인 예로는 반려동물을 버리는 일을 들 수 있어요. 2017년 통계에 따르면, 주인을 잃어버린 유기견은 7만 마리가 훌쩍 넘고, 고양이나 다른 동물까지 포함하면 10만 마리가 넘는 동물들이 버려졌다고 합니다. 인간에게 길들여진 반려동물들은 버려지는 순간 어떻게 생존해야 할지 몰라 쓸쓸하게 죽음을 맞이하는 경우가 많아요. 처음에는 친근하게 보살펴 주다가 흥미가 떨어지면 동물을 유기하는 행위는 생명의 소중함을 모르고 물건처럼 여기기 때문일 거예요. 인간이 얼마나 이기적인 존재인지를 단적으로 보여 주죠.

누군가는 어째서 인간이 동물의 권리까지 보장해 줘야 하냐고

반문합니다. 이런 질문은 어째서 모든 이들에게 인권을 보장해 주어야 하느냐는 질문이나, 혹은 어째서 노예들까지 인권을 누려야 하는지, 왜 여성들에게 참정권을 줘야 하는지 묻는 것과도 같습니다. 인간의 삶을 되돌아보면 역사란 '인간이 더불어 살아가는 존재들을 넓혀 온 과정'이라고도 할 수 있습니다. 당장 중세 시대만 하더라도 귀족들은 동물은커녕 노예의 인권마저 외면했어요. 그런가 하면 여성이나 아동을 제대로 된 동반자로 인식하기 시작한 것도 근대 이후의 일이죠. 이처럼 인간이 공존의 범위를 소수의 귀족에서 모든 시민으로, 지배적인 남성에서 여성·어린이를 포함한 모든 인류로 확대시킨 것은, 오랜 역사를 통해 얻은 깨달음의 결과가 아닐까 합니다.

그렇다면 앞으로 인류가 공존의 대상으로 껴안아야 할 존재는 무엇일까요? 그것은 바로 인간과 마찬가지로 감정과 고통을 느낄 줄 아는 동물들이 아닐까 합니다. 이들은 이미 우리 일상에서 반려동물이라는 이름으로 고독과 슬픔에 빠진 사람들을 위로해 주고 있어요. 그러니 마땅히 이들의 권리도 보호를 해 줘야 합니다. 그렇다면 동물의 권리는 어디서부터, 어떻게 보호되어야 할까요?

야생동물에게는 생물의 다양성을 보존해 주는 것이 최고의 복지일 것입니다. 이를 위해서는 농지를 무분별하게 개간하는 등 서식지를 파괴하는 일부터 반드시 막아야 해요. 이와 더불어 서식지를 보존하는 노력도 다양한 각도에서 기울여야 하죠. 가축과 관련해서는 가장 큰 문제로 지적되는 대규모 공장식 사육 환경을 개선할 필요가 있습니다. 우리나라의 가축 사육 환경은 현재 동물 복지를 고려했다고 보기 어려워요. 가축을 좁은 공간에 몰아넣고 대규모로 사육하는 경우가 대부분이죠. 동물도 인간과 마찬가지로 쾌락과 고통을 느끼기 때문에, 이런 환경은 동물들에게 견디기 힘든 고통을 주고 있습니다.

만약 사육 환경을 좀 더 안락하고 위생적으로 관리하면 어떨까요? 인간에게 전염되는 인수 공통 전염병을 예방하고 식품의 안전도 보장받을 수 있을 것입니다. 또한 동물들은 스트레스로 인한 질병이나 전염병에 덜 걸리게 될 거예요. 해마다 여름이면 폭염으로 밀집 사육 시설에서 수백만 마리의 동물이 죽어 나가는데, 이런 헛된 죽음도 막을 수 있겠죠. 가축이 동물로서의 권리를 누리며 살아간다면 인류도 그만큼 이익을 얻을 수 있습니다.

동물 복지를 추구하다 보면 인간이 인간을 대하는 태도도 달라질 수 있습니다. 동물을 수단이 아닌 목적으로 삼는 사람이 같은 인간을 수단으로 사용하지는 않을 테니까요. 이처럼 동물을 생활의 수단이 아닌 동반자로 인식하기 시작한다면, 인간이 같은 인간을 도구로 삼는 비극도 언젠가는 사라지지 않을까요?

BOOK 9

인간과 로봇의 공생을 찾는 길
『로봇 시대, 인간의 일』

°2018년 1월, 서울시 중구에 있는 더플라자호텔에 특별한 손님이 찾아왔습니다. 아직 다리가 없어서 스스로 걸을 수는 없지만 사람과 대화를 나누고 때때로 미소를 머금을 줄도 아는 인공지능 로봇 소피아였죠. 그녀는 사람들에게 다양한 표정으로 감정을 나타냈고, 스스로 강조하고 싶은 말을 할 때는 정면을 똑바로 응시하기도 했습니다. 인간과 비교할 때 아직 어색하고 부자연스러웠지만 기술의 발달 속도를 감안할 때 소피아는 몇 년 후면 인간과 자연스러운 의사소통이 가능하겠다는 생각이 들었습니다. 그런 까닭일까요? 소피아를 접한 몇몇 누리꾼들은 그녀가 무섭다는 반응을 내보

이기도 했죠.

소피아는 2017년 사우디아라비아에서 로봇 최초로 시민권을 부여받기도 했습니다. 이성적인 판단 능력은 물론 감성적인 영역까지 갖춘 소피아에게 매료된 사람들이 그녀에게 법적 지위를 부여해 준 것이죠. 그녀의 등장으로 인해 여러 나라 정부에서는 인공지능에도 인격체의 지위를 부여해야 하는 것은 아닌지 논란이 일고 있는 중입니다. 우리나라에서도 현재 로봇 기본법이 발의된 상태고요. 소피아를 개발한 로봇 회사 핸슨 로보틱스(Hanson Robotics)는 앞으로 인공지능 로봇을 자기를 인식하는 능력과 상상력까지 갖추도록 제작하여 실제 사람의 가족 수준만큼 진화시킬 것이라고 포부를 밝혔습니다.

로봇 시대가 우리 곁으로 성큼 다가왔습니다. 소피아처럼 잘 만들어진 인공지능 로봇 이외에 자율주행 자동차도 광고나 신문기사에서 자주 볼 수 있죠. 또한 독거노인들을 위로하고 그들의 처지에 공감해 주는 반려로봇, 기사를 작성하고 법률 서비스를 제공하며 심지어 처방전에 따라 약을 조제하는 로봇까지, 인공지능 로봇은 우리가 생각하는 것보다 훨씬 빠르게 인간의 삶 속에 자리를 잡아가고 있습니다. 이처럼 기술이 급속도로 발달해 가는 과정에서 인공지능 로봇이 인간 사회에 어떤 영향을 줄 것인지, 또 로봇이 대체할 수 없는 인간의 고유한 영역이 무엇인지 살피는 일은 정말 중요한 문제예요. 로봇과 함께 살아가기 위해서는 이런 문제들을 먼저 고민해 보는 것이 반드시 필요합니다. 구본권 작가의 『로봇 시대, 인간의 일』은 이런 고민을 진솔하게 담아내고 있습니다. 우선 책 속에 제시된 로봇과 인공지능의 가장 중요한 특성은 무엇일까요?

가장 중요한 특성은 로봇과 인공지능이 인간과는 비교할 수 없을 만큼 일의 효율성을 지닌다는 점입니다. 예를 들어 자율주행 자동차는 인간 운전자보다 사고의 위험을 낮추는 동시에, 교통 체증이나 주차 문제 등을 획기적으로 개선시켜 줄 것으로 기대됩니다. 또한 인공지능 법률 서비스는 인간 변호사가 오랜 시간에 걸쳐 증거 자료와 판례를 찾아 헤매는 일을 단 몇 시간 안에 해결하고 있죠. 주식시장에서 다수의 전문가 대신 투자에 나서서 투자 위험을 최소화하고 수익을 최대화한 인공지능도 높은 효율성을 증명해 줍니다. 이처럼 로봇과 인공지능은 다양한 분야에서 효율적인 업무를 수행하고 있습니다.

이런 까닭에 기업들은 인력을 줄이고 그 자리에 로봇이나 인공지능을 활용하고 있습니다. 기업의 입장에서 생산 비용을 줄여 주는 로봇이나 인공지능이 이윤 창출에 유리하기 때문이죠. 제아무리 인공지능 로봇의 가격이 비싸다고 해도 수십, 수백 명의 노동자를 고용하는 것보다 돈이 덜 들고, 휴가나 파업이 없는 기계가 유지 비용도 훨씬 적게 들 것입니다. 게다가 잘못 작동될 가능성도 인간이 오류를 범할 가능성보다 낮습니다. 그런 까닭에 기업들은 인력을 감축하는 대신 자동화에 투자를 하고 있는 실정입니다.

20세기 미국 산업을 대표하는 자동차 회사 GM(General Motors)은 1979년에 전 세계적으로 85만여 명의 일자리를 창출했어요. 사회적으로 일자리를 제공하는 데에 큰 역할을 수행했죠. 하지만 21세기 미국을 상징하는 애플은 시가총액˙이 1조 20억 달러(1,125조 원, 2018년 8월 2일 기준)를 넘어설 만큼 세계적으로 가장 영향력이 큰 기업이면서도 고용은 13만여 명에 그치고 있습니다. 로봇과 인공지능으로 인한 자동화가 인간의 일자리를 위협하고 있는 것이죠. 앞으로 자동화가 가능한 모든 영역은 기계가 대신할 것이 분명해 보이고, 심지어 뉴스 기사를 작성하고 법원에서 판결을 내리거나 식당에서 음식을 조리하는 일처럼 다소 복잡하고 섬세한 사고 작용을 거치는 일들도 기계로 대체될 가능성이 높다고 합니다.

일자리가 줄어들면 앞으로 인간은 어떻게 살아가야 할까요? 일자리가 사라지면 사람들이 돈을 벌 수 없을 테니 진짜 큰 문제죠. 이에 경제학자 폴 크루그먼 등은 기본소득을 도입해야 한다고 주장합니다. 기본소득이란 재산의 많고 적음이나 노동의 수행 여부와 관계없이 사회 구성원에게 보편적으로 지급되는 수당입니다. 실업이 증가할 것을 예상하여 모든 인간이 기본적인 삶을 누릴 수 있도록 소득을 보장해 주자는 것이죠. 2017년부터 핀란드는 기본소득을

●　　　주가(주식 가격)에 발행된 주식 수를 곱한 것으로, 회사의 가치와 규모를 평가하는 기준이 된다. 애플의 시가총액은 8월 이후 하락을 계속해 2019년 1월 7일 기준 7,020억 달러를 기록했다.

시험적으로 지급하고 있고, 스위스 등 유럽 국가들도 이에 대한 논의가 이루어지고 있습니다. 인공지능과 로봇에게 일자리를 위협받는 이 시점에서 기본소득에 대한 논의는 더욱 활발해지겠죠. 언젠가는 일은 로봇이, 여가는 인간이 누리며 살 수 있을지도 모릅니다.

하지만 아무리 일자리가 줄어들어도 인간만이 할 수 있는 일은 따로 존재한다고 보는 사람도 있습니다. 인간은 분명히 로봇이나 인공지능과는 다릅니다. 로봇과 인공지능은 어디까지나 인간이 만들어 낸 알고리즘에 의해 작동하지만 인간은 주체적 의지를 지니고 있기 때문이죠. 인공지능의 알고리즘이란 주어진 문제를 논리적으로 해결하기 위해 필요한 절차, 방법, 명령어를 모아 놓은 것입니다. 아무리 인터넷으로 엄청난 정보를 획득하여 알고리즘이 더욱 정교해졌다 하더라도, 그것이 인간의 취향과 성취욕, 호기심, 결핍에 대한 욕구까지 파악할 수는 없죠.

똑똑한 컴퓨터가 사람 같은 호기심을 가질 수 없는 까닭은 호기심이 인간 고유의 심리 작동과 깊은 연관을 갖고 있기 때문이다. 호기심은 지적 결핍이자 인지적 불만족의 한 형태다. 하지만 호기심은 가장 행복한 결핍이자 불만족이다. 호기심은 아무것도 모르는 상태에서 생겨나는 궁금증이 아니다. 자신이 알고 있는 지식 사이에서 설명되지 않는 인지적 빈틈에 대해 알고 싶은 욕망이다. …

호기심은 인류 역사에서 결정적 역할을 했지만 기계가 지능을 획득해 가는 디지털 사회에서 그 중요성이 더하다. 호기심은 사회와 개인적 삶의 질을 가르는 요인이 되고 있으며, 사회와 개인이 호기심을 육성하고 갖췄는지에 따라 격차가 확대되는 '호기심 디바이드'의 시대가 오고 있다. 다시 말해 호기심이 가져다주는 보상이 커지고 있다. … 아무리 똑똑한 인공지능이라 할지라도 사람과 같은 호기심에서 생겨난 질문을 던질 수 없을 것이기 때문이다.

— 구본권, 『로봇 시대, 인간의 일』(어크로스)에서

이 글에서 보듯이 아무리 똑똑한 인공지능이 나타나더라도 자발적으로 호기심을 갖는 것은 어렵습니다. 결핍이나 문제 상황을 스스로 인식하는 것도 어렵고요. 처음에 살펴본 인공지능 소피아도 미리 프로그램 된 자료들이 없다면 스스로 결핍이나 문제 상황을 인식할 수 없습니다. 이렇게 볼 때, 기계가 아무리 인간의 노동을 대체한다 하더라도 호기심을 발휘해야 하는 영역은 여전히 남게 될 것입니다. 물론 기계로 대체될 때 거부감이 큰 직업들도 충분히 살아남겠죠. 오지 않은 미래는 불안한 것이지만, 이에 대해 막연한 공포를 지닐 필요는 없습니다.

이 책은 겉으로는 로봇 시대의 특징을 서술한 것처럼 보이지만, 사실은 인공지능 로봇이 흉내 낼 수 없는 인간의 특성을 짚어 내고 있습니다. 로봇 시대에 인간이 어떻게 존재해야 할 것인지에 대해 진지하게 성찰하고 있죠. 따라서 이 책을 읽을 때는 단순히 로봇과 인공지능 기술에 대해 경탄하기보다, 이를 통해 '인간이란 어떤 존재인가?'를 고민하면서 읽는 것이 필요합니다. 책 속에 나오는 다양한 인문학적인 단서들을 놓치지 말고 읽어야 하는 이유이기도 하죠. 신화와 종교의 가르침으로 시작해서, 소크라테스와 장 자크 루소 같은 전통적인 철학자들의 생각, 그리고 미하이 칙센트미하이, 장하준, 폴 크루그먼 같은 현재 활동하는 학자들의 견해 등등, 이 책에는 다양한 인문학적인 요소들이 촘촘하게 쌓여 있습니다. 이것들을 섬세하게 읽어 나가며 그 의미를 파악하고, 여기에 깊은 고민과 토론이 함께 이루어진다면 좋은 책 읽기가 될 것입니다. 이 과정을 통해서 미래 사회에 기계와 공존할 지혜를 생각해 본다면 더욱 좋은 경험이 되겠죠.

'전자 인간'에게 법적 지위를 줄 것인가?

책을 읽으면서 가장 인상적인 부분은 인간이 로봇에게 감정을 느끼는 부분이었어요. 이 점에 대해 어떻게 생각하시나요? 그와 더불어 로봇에게 법적인 지위를 부여하자는 목소리도 적지 않은데, 이에 대한 의견도 궁금합니다.

이 책에는 사람들이 로봇에게 감정을 느끼는 부분이 나옵니다. 대표적으로 보스턴 다이내믹스(Boston Dynamics)가 공개한 실험이 있었죠. 자기 회사에서 개발한 로봇 개가 얼마나 똑바로 자세를 유지하는지 과시하기 위해 로봇 개를 발로 차는 동영상을 만들었는데, 희한하게도 많은 사람들이 이 장면을 보면서 마음이 불편했다고 합니다. 마치 강자가 약자를 괴롭히는 장면을 본 것처럼 말이죠. 아마도 인간이 자신의 감정을 로봇에게 이입했다고 할 수 있겠죠. 저는 이 점에서 로봇이 단순히 기계가 아니라 인간과 공감하는 좀 더 특별한 존재라는 생각이 들었습니다. 또 다른 예로는, 일본에서 치러진 로봇 장례식을 들 수 있어요. 더 이상 AS를 받을 수 없는 고장 난 로봇을 안타까워하던 사용자들이 사찰에 모여 함께 로봇의 장례를 치러 준 거예요. 이제 사람들이 로봇을 단순히 기계로만 보지는 않는 듯합니다. 그런 까닭인지 각국에서는 로봇에게 법적인 지위를 부여해 주자는 논의도 진행되고 있죠.

물론 기계에 법적 지위를 주는 것이 지나치다는 의견도 적지 않아요. 인간이 로봇에게 감정과 애착을 느낀다고 해서, 이를 근거로 로봇을 특별한 존재로 보는 것은 무리가 있다는 주장이죠. 실제로 사람들이 로봇에게만 감정을 느끼는 것은 아니에요. 많은 사람들이 아주 특별한 옷, 신발 등을 하나쯤은 갖고 있죠. 어린 시절부터 수집해 온 동전이나 장난감도 감정이입의 대상이 됩니다. 오래 간직하다 보면 자신도 모르게 사물에 감정이 이입되니까요. 그리고 감정을 느끼는 주체는 어디까지나 인간이지 로봇은 아닙니다. 인간은 살아 있고 고통을 느끼지만, 로봇은 고통이나 감정을 느끼지 못하는 알고리즘과 기계의 조합에 불과하거든요. 따라서 로봇에게 법적 지위를 주는 것에 거부감을 갖는 사람들도 꽤 많아요.

로봇에게 법적 지위를 부여하는 문제는 앞으로도 논란이 많겠는데요? 그런데 로봇에게 법적 지위를 주자는 이유가 단지 인간이 로봇에게 감정을 느낀다는 점 때문인가요?

그렇지는 않습니다. 사실 로봇에게 법적 지위를 부여하자는 주장에는 그에 해당하는 책임을 묻기 위한 의도도 있어요. 2017년 2월, 유럽의회는 스스로 배우는 기능을 지닌 인공지능 로봇에게 '전자 인간' 지위를 부여할 필요가 있다는 결의안을 통과시켰습니다. 여기에는 로봇에게 법적 책임을 묻기 위한 의도가 강하게 반영되어 있었어요.

우리가 살아갈 미래 사회는 자율주행 자동차처럼 자율적 판단 능력을 갖춘 로봇이 계속 등장할 것이 분명해 보입니다. 그런데 이들에 대해 법적 지위를 제대로 만들어 놓지 않으면 여러 가지 복잡한 일이 일어날 수 있어요.

예를 들어 사고가 났을 때, 그 사고의 책임을 누구에게 물을 것이냐 하는 문제를 살펴보죠. 만약 로봇이 법적 지위를 지니지 않으면 그에게 책임을 물을 수 없지만, 거꾸로 로봇에게 법적 지위가 있다면 그에게 책임을 물을 수 있습니다. 교통사고에 대한 배상을 로봇이 지는 것이죠. 그에게 인간과 같은 법적 지위가 있다면 인간처럼 사고에 대한 보험을 들 수도 있겠죠. 인간처럼 결혼을 한다든지, 투표에 참여하는 것은 아니지만 사고에 책임을 지도록 법적 지위를 부여하는 것은 적극적으로 검토해야 할 단계이긴 합니다.

로봇에게 책임을 묻는다? 그것이 가능할까요? 전자 인간 제조사가 책임을 회피하려는 수단이 아닐까요?

그런 면이 있어요. 로봇을 만든 제조사가 책임을 회피하기 위해 지위를 부여하자는 주장을 할 수도 있죠. 만약 운전자의 개입 없이 자율주행을 하던 차량이 사고를 냈다면 누가 책임을 져야 할까요? 자율주행 자동차의 결함이라면 분명 설계자나 제조사에서 책임을 져야 합니다. 아니면 자율주행 차량을 잘못 이용한 사용자가 책임을 져야 하죠.

하지만 서로 책임을 떠넘긴다면 일은 꽤 복잡해집니다. 철저하게 원인을 규명한 뒤 책임 소재를 밝혀야 하지만, 그사이 피해자의 고통은 더욱 커지겠죠. 법적인 시시비비까지 따진다면 더욱 오랜 시간이 걸릴 수도 있고요. 만약 로봇에게 법적 지위를 부여한다면 적어도 이런 문제를 보다 효율적으로 관리할 수 있어요. 전자 인간의 보험으로 먼저 피해 보상을 하고, 아무리 시간이 걸리더라도 사고의 원인에 대해 분명한 조사를 한 뒤 설계자, 제조사, 사용자의 과실 유무를 밝히면 되죠.

물론 로봇의 보험을 누가 가입하느냐의 문제는 남습니다. 현재는 로봇이 노동을 수행해서 이윤을 창출하더라도 그 수익은 소유자에게 돌아가게 돼요. 그러니 사용자가 가입하는 것이 맞습니다. 하지만 로봇이 누군가에게 상해를 입혔다면, 이것이 과연 사용자만의 잘못일까요? 어쩌면 로봇을 잘못 만든 설계자와 제조사의 책임일 수도 있어요. 따라서 유럽의회는 로봇 도입 이후 보험으로는 해결되지 않는 여러 피해에 활용하기 위해 기금을 구축하자는 제안을 했습니다. 당연히 이 기금은 로봇 제조사나 활용 기업이 내게 됩니다.

인공지능이 창의적일 수 있을까?

로봇 시대가 성큼 다가왔는데요. 저는 로봇이 발달하는 속도가 너무 빨라서 무섭기도 하더라고요. 몇 해 전 바둑에서 이세돌 9단이 알파고에게 지는 장면과, 인간과 소통하는 인공지능 소피아가 개발된 것을 보니 더더욱 그랬어요. 아무리 로봇이 발전하다고 해도 인간처럼 되지는 않겠죠?

본래 로봇이란 말은 '일한다'는 뜻의 체코어 'robota'에서 유래했습니다. 체코의 작가 카렐 차페크가 그의 희곡 『로섬의 유니버설 로봇』(1920)에서 인간의 지배를 받는 노동자로 로봇을 등장시키면서 세상에 널리 알려졌죠. 차페크의 작품은 지능을 갖춘 로봇이 인간에게 반항하여 인류를 멸망시킨다는 비극적인 결말로 끝을 맺어요. 지금도 SF 영화를 보면 로봇이 인간을 파멸에 이르게 한다는 시각이 여전히 존재하죠.

로봇의 개발은 대략 1960년대부터 이루어졌고, 1980년대에는 본격적인 성장을 거듭했습니다. 하지만 당시의 로봇은 산업용에 국한

되었고, 인간의 일상적인 삶에 영향을 줄 정도는 아니었죠. 그러다가 인터넷과 모바일 기술이 발달하면서 수없이 많은 정보들이 네트워크로 연결되고, 이것이 인공지능으로 구현되면서 예전보다 훨씬 더 똑똑하고 정확한 로봇이 만들어지기 시작했습니다. 4차 산업혁명에 대해 본격적인 이야기가 시작된 것도 인공지능과 그에 따른 자동화된 로봇의 등장 때문이에요. 아마도 지적인 면이나 기능적인 면에서 로봇은 인간보다 훨씬 더 뛰어난 능력을 지닌 존재가 될 게 분명해 보이니까요.

아무리 로봇이라 해도 인간처럼 창의적이지는 못하겠죠?
네트워크로 연결되는 정보가 새로운 것은 아니니까요.

창의성이란 뭘까요? 창조적인 영감으로 얻어진 새로운 생각이라고 할 수 있죠. 하지만 꼭 새로운 것이 영감에 의해서만 나타나지는 않아요. 기존에 존재하던 규칙이나 질서, 혹은 지식 등을 새로운 방식으로 결합시키면 과거에 존재하지 않았던 새로운 것이 만들어지기도 하죠. "천재는 1%의 영감과 99%의 노력에 의해 만들어진다"는 말이 있는데, 여기서 99%의 노력이란 수많은 시행착오를 겪으며 다양한 방식으로 기존의 것들을 연결하려는 시도를 의미합니다. 기존의 패턴을 조금만 바꿔도 새롭게 느껴지는 것들이 탄생할 수 있다는 거죠. 자, 이렇게 생각하면 인공지능이 창의적이지 못할 이유가 없죠. 기존 규칙들을 새롭게 조합하는 것은 인공지능도 얼마든지 가능하니까요. 인공지능이 인간보다 창의적이지 못할 거라는 생각은 아쉽게도 헛된 기대가 아닐까 합니다.

하지만 누군가의 명령어에 의해 만들어진 인공지능을
창의적이라고 보기에는 뭔가 많이 부족해 보이는걸요.

인간의 창의력을 생각해 보세요. 우리가 아무것도 모른 채, 어떤 지식도 없이 창의적인 사고를 할 수는 없어요. 학교나 사회에서 배운 것들, 또는 무의식적으로 받아들인 것들이 차곡차곡 내면에 쌓이고, 이것들이 서로 낯설게 결합되거나 변형되어 창의성이 발휘되는 거죠. 인공지능도 마찬가지예요. 우리가 교육받거나 무의식적으로 얻은 정보와 지식을, 인공지능은 인터넷 등을 이용해 얻습니다. 그리고 미리 짜인 프로그램 규칙들을 적용해 새로운 내용으로 만들어 가는데, 이 과정은 인간이 창의성을 발휘하는 것과 크게 다르지 않아요. 저는 앞으로 기술이 정교하게 발달하면 인공지능도 더욱 창의적이 될 것이라 봅니다.

실제로 영국의 화가 해럴드 코헨이 고안한 드로잉 프로그램 'AARON'은 유명 화가 못지않은 그림을 그려요. AARON이 그린 그림이 갤러리에 전시되어 수만 파운드에 팔릴 정도로 인정을 받았으니, 인간의 창의력이 무색해질 정도죠. 그뿐 아니라 인공지능이 신문 기사를 작성하거나 소설을 쓰기도 하며, 작곡도 하고 있어요. 이런 점에서 분명히 인공지능은 창의적인 면이 있다고 할 수 있죠.

창의력마저도 똑같다면 인공지능이 인간보다 훨씬 우월한 존재가 되는 것은 시간문제겠는데요. 차페크의 희곡이 현실이 되는 건가요?

언젠가는 그럴 날이 올지도 모르죠. 하지만 새로운 것을 만들어 낼 수 있는 것과 새로운 것을 추구하는 것은 엄연히 달라요. 인공지능은 어디까지나 명령어에 따라 연산을 수행하는 알고리즘입니다. 따라서 명령을 하지 않으면 수행을 하지 않아요. 구글에 검색어를 입력하지 않았는데 결과를 찾아 주지는 않잖아요. 다시 말해서 현재 인공지능의 개념으로 볼 때, 그것들이 스스로 의지와 욕망을 가질 수는 없다는 말입니다.

인공지능이 프로그램의 명령에 따르지 않고 스스로 창의성을 발휘할 수 있을까요? 또 기존의 것이 지겹거나 싫증이 나서 새로운 것을 찾으려는 동기가 스스로 만들어질까요? 결핍이나 부족함, 혹은 불편함을 느끼고 스스로 새로운 것을 찾고자 할까요? 저는 알고리즘이 문제를 해결할 수는 있지만 스스로 문제를 만드는 능력은 없다고 생각합니다. 스스로 문제를 만드는 능력, 그게 진짜 인간이 로봇과 다른 점 아닐까요?

'디지털 리터러시'란 무엇일까?

인류가 살아갈 미래에는 일상에서 로봇과 인공지능을 쉽게 볼 수 있을 것입니다. 그렇다면 인공지능과 함께 살아갈 미래에, 인류에게 요구되는 능력은 무엇일까요? 역사를 돌이켜 보면 새로운 매체가 등장할 때마다 인류에게는 일정한 능력이 요구되었습니다. 가장 초보적인 문자부터 최신 컴퓨터, 인터넷 모바일 기기에 이르기까지 '매체를 활용할 수 있는 능력'이 바로 그것입니다.

매체를 활용하는 능력은 단순히 매체를 사용하는 것에만 머무르지 않습니다. 매체가 인간에게 어떤 영향을 미칠지 판단하는 능력도 함께 포함되죠. 매체는 잘 사용하면 인류에게 도움을 주지만, 잘못 이용하면 큰 해를 입힐 수도 있기 때문입니다. 지금도 신문이나 방송이 잘못 이용되면 큰 사회적 혼란이 일어나는 것처럼, 어떤 매체든지 잘못 사용되면 이로움보다 해로움이 더 큽니다. 특히 TV와 같은 멀티미디어는 의도나 주장이 교묘하게 숨어 있는 경우가 많아서, 매체를 해독할 능력이 떨어지는 사람은 메시지를 무비판적으로 받아들이는 일이 벌어지기도 하죠. 광고에 노출된 뒤, 아무 생각 없이 과소비로 이어지는 경우가 많은 것처럼 말이에요. 따라서 매체를 잘 활용한다는 것에는 매체를 사용하는 능력과 함께 매체를 비판적으로 수용하는 능력도 뛰어나다는 의미가 담겨 있습니다.

로봇과 인공지능이 널리 사용될 미래 사회도 이와 다르지 않습니다. 만약 이것들을 단순히 사용하기만 하고 비판적으로 수용하지 않는다면 어떻게 될까요? 우리는 로봇과 인공지능이 지닌 악영향에 그대로 노출되고 말 것이고, 자칫 이들에 종속된 채 살아가게 될지도 모릅니다. 비슷한 일은 이미 벌어지고 있어요. 게임 중독으로 학업을 멀리하거나, 심지어 갓난아이를 돌보지 않아서 사망에 이르게 한 사건도 있었죠. 지나치게 기술에 의존하여 인간의 기능이 점차 퇴화되는 일도 많습니다. 따라서 우리 인간은 멀티미디어의 숨은 의도를 비판적으로 수용하듯이, 로봇과 인공지능에 대해서도 비판적으로 수용하는 능력을 반드시 갖춰 나가야 합니다. 우리가 사용하는 스마트폰, SNS, 더 나아가 인공지능처럼 디지털 부호로 이루어진 시스템을 이해하고 올바르게 사용하는 능력을 갖춰야 하는 것이죠. 미디어 학자들은 이런 능력을 가리켜 '디지털 리터러시(digital literacy)'라고 부릅니다.

본래 리터러시란 문자를 해독하고 사용하는 능력을 말합니다. 그러나 단순히 글을 읽고 쓰는 능력을 뜻하는 것은 아닙니다. 글 속에 담긴 숨은 의도와 전략을 파악하고, 이에 대응하는 비판적인 능력까지 가리키죠. 또한 자신의 의도를 자유자재로 표현하는 능력도 포함하고 있습니다. 디지털 리터러시도 마찬가지입니다. 스마트폰을 자유자재로 이용하고, SNS를 잘 활용하고, 인공지능과 로봇을 사용할 줄 안다고 해서 그 자체로 디지털 리터러시를 갖춘 것은 아닙니다.

하루 종일 스마트폰에 붙들려 있고, 자신의 SNS를 끊임없이 확인하고, 인터넷 화면에서 눈을 떼지 못한다면, 그 사람은 디지털 리터러시를 갖췄다고 말할 수 없습니다. 그런 사람은 디지털 기기가 지닌 속성을 객관적으로 파악하지 못한 채 디지털 기술에 종속되어 살아가는 것이죠. 디지털 리터러시는 디지털 세계를 비판적으로 이해하고 활용하며 생산까지 할 수 있는 종합적인 능력을 의미합니다. 도구의 활용 차원에서 벗어나 디지털 시민 의식과 비판적 사고력까지 갖춰야 하는 것이죠.

디지털 리터러시를 갖추기 위해서는 가장 먼저 디지털 기기의 성격을 잘 알아야 합니다. 디지털 기기를 사용하는 능력은 물론이고, 이 기기의 중독성이 강하다는 점, 타인에게 과시하려는 의도로 디지털 기기를 이용하게 되기도 한다는 점 등은 반드시 알아야겠죠. 진지한 사고 과정이나 성찰하는 의식을 갖기보다 즉각적이고 감각적으로 반응하게 된다는 점도 잊지 말아야 합니다. 집중력이 떨어지고 정신이 산만해지는 측면이 있다는 사실도 기억해야 하고요. 물론 이는 인공지능이나 로봇보다는 스마트폰이나 SNS를 사용할 때 나타나는 증상들입니다. 하지만 네트워크를 활용하여 디지털 부호로 된 데이터를 제공하는 인공지능을 사용하다 보면, 이와 유사한 문제점이 나타날 가능성이 상당히 높습니다.

자, 그렇다면 디지털 기기에 중독되지 않고 비판적으로 수용할 수 있는 디지털 리터러시를 갖추기 위해서는 어떻게 해야 할까요? 아예 사용을 금지할까요? 그건 불가능합니다. 여기, 디지털 리터러시를 갖추기 위한 방법 몇 가지를 소개합니다. 가장 먼저 디지털 기기가 자신을 조종하지 못하게 해야 합니다. 기기를 멀리하면서 뇌를 쉬게 한다거나, 방해 금지 모드를 활용하는 것, SNS의 지나친 접속을 경계하는 것도 방법이죠.

디지털 기기에 남아 있는 자신을 관리하는 일도 중요합니다. 악플을 달거나 비방글을 쓰는 것도 모두 디지털 흔적이 되어 언젠가 자신을 난처하게 할 수 있다는 것도 꼭 알아 둬야 하겠죠. 악플을 다는 습관이 들면 남을 괴롭힐 때 느끼는 부정적인 쾌감이 쌓이게 되고, 그러다 보면 습관적으로 악플을 다는 일이 계속됩니다. 결국에는 황폐해지고 폭력적으로 변해 버린 자신의 모습을 씁쓸히 바라봐야 할 것입니다. 이 밖에도 디지털 리터러시에 대해 궁금한 게 있다면, 『로봇 시대, 인간의 일』의 저자인 구본권 소장의 '사람과디지털연구소'에 접속해서 다양한 정보를 얻어 보길 권합니다.

어떻게 살아야 할까,
... 어떻게
죽어야 할까

BOOK 10

어리석은 자의 우직함이 세상을 바꾼다

『나무야, 나무야』

°과거 우리나라에서는 간첩단 사건이 종종 일어났습니다. 나라가 분단되고 전쟁을 경험하면서, 남북이 서로를 적대적으로 대하며 간첩 활동을 벌였죠. 1960년대에는 실제로 무장한 공비(공산당유격대)들이 출현해 대통령마저 공격 대상이 되었습니다. 당연히 정부는 공권력을 동원해 간첩을 찾는 일에 온 힘을 다했고, 결국 간첩단은 체포되었습니다. 국가 질서를 어지럽히고 정부를 전복시키려한다면 이들을 검거하고 처벌하는 것은 당연한 일입니다. 그런데많은 간첩 사건 가운데 논란이 되는 것도 있었습니다. 일반인을 간첩으로 오인하거나, 정부에 대한 비판 여론을 잠재우기 위해 간첩

단을 조작하는 일이 있었던 것이죠. 당시는 간첩에 대한 국민적 혐오가 높았기에 그런 일들이 가능했습니다.

1968년, 통일혁명당 사건이 일어났습니다. 정부에 따르면 통일혁명당은 북한의 지시에 따르고 자금을 지원받는 조직이었습니다. 대규모 간첩단이었던 것이죠. 이 사건으로 무려 158명이 검거되고, 그중 50명이 구속되었습니다. 당시 체포된 사람 중에는 육군사관학교 교관으로 근무하던 신영복도 있었습니다. 그는 대법원에서 무기징역형을 확정받고 20여 년 동안 옥살이를 했습니다. 하지만 그가 실제 간첩이었는지는 여전히 명확하게 밝혀지지 않았어요. 다만 그 사건에 연루된 많은 이들이 얼마 전 사면 복권되었습니다. 신영복은 1998년에 사면 복권되어 대학교수, 저술가, 그리고 서예가로 활발하게 활동했습니다. 역사학자 한홍구 교수에 따르면, 신영복은 통일혁명당에 대해 그 존재 자체도 잘 몰랐다고 해요. 당시 학생운동을 지지하는 활동을 하면서 통일혁명당 사람들과 개인적으로 몇 차례 만난 게 전부인데, 그게 빌미가 되어 간첩으로 몰렸다는 것이죠. 신영복으로서는 억울한 옥살이를 겪은 셈입니다.

신영복은 옥살이를 하는 동안 동양 고전을 탐독하고 자신만의 생각과 철학을 정리해 나갔습니다. 또한 꾸준히 글쓰기를 하면서 여러 권의 책을 출간하기도 했죠. 그는 서울대에서 경제학을 전공하고, 육군사관학교에서 경제학을 가르쳤습니다. 경제학 전공이니까 자본주의를 신봉한다든지 물질적인 풍요로움을 좇는 사람이 아닐까 의심할 수도 있지만, 오히려 그의 삶과 학문은 그런 것들과 거리가 멀었어요. 그는 강자가 아닌 약자의 편에 섰고, 다수가 아니라 소수를 위로했으며, 욕망을 채우기보다 남들과 더불어 살아가길 원했습니다. 이런 생각들은 그가 펴낸 책들 속에 고스란히 녹아들어 있습니다.

『나무야, 나무야』는 신영복의 수필집입니다. 이 책은 그가 출소한 후 우리 땅 곳곳을 둘러보고 역사적 교훈을 되새기며 쓴 에세이입니다. 서문에 담긴 "어리석은 자의 우직함이 세상을 조금씩 바꿔 갑니다."라는 문장에서 알 수 있듯이, 저자는 약자의 편에 서서 참된 삶에 대해 이야기를 풀어 갑니다. 우리 땅 곳곳을 찾아다니며 그가 남긴 자취를 몇 가지 살펴보겠습니다.

경기도 파주 임진강가에 '갈매기와 벗한다'는 뜻을 지닌 '반구정(伴鷗亭)'이라는 작은 정자가 있습니다. 세종 때 18년 동안 영의정을 지낸 황희 정승의 정자죠. 그는 이곳에서 갈매기를 벗하며 노년을 한가롭게 보냈습니다. '갈매기와 벗한다'는 똑같은 뜻의 지명이 서울에도 있습니다. 바로 '압구정(狎鷗亭)'입니다. 원래 압구정은 세조를 돕던 한명회가 지은 정자인데, 지금은 사라지고 없습니다. 서울시 압구정로 현대아파트 안의 작은 표석만이 그 존재를 확인시켜 주죠.

모두가 알다시피 성격이 온화했던 황희 정승은 원칙을 지켜 나간 정치인이지만, 한명회는 모략과 술수로 권력을 찬탈한 인물입니다. 당시 한명회의 위세는 대단했어요. 하지만 역사가 흐른 지금 압구정은 자취도 없이 사라진 반면, 반구정은 유장한 세월 속에서 변치 않고 남아 있죠. 두 사람 모두 막강한 권력을 지녔지만 역사의 평가가 달랐듯이, 반구정과 압구정의 운명도 달랐습니다. 자신의 욕망만 추구한 한명회는 부끄러운 이름으로 남았지만, 자기 욕망을 절제하며 원칙을 지켰던 황희는 역사에서 기억되는 인물이 된 것이죠.

설악산 백담사를 찾아가면 욕망을 절제했던 위인과 탐욕을 채우며 살았던 독재자의 이름을 함께 엿볼 수 있습니다. 백담사는 '만해 한용운' 선생이 도를 닦던 절입니다. 암울한 일제 식민지 현실에서, 조국의 독립과 중생의 구제를 기원하며 고뇌한 그의 넋이 서려 있죠. 그런데 이곳에 머문 또 다른 유명인이 있습니다. 바로 대통령을 지낸 '일해 전두환'이에요. 그는 1979년 '12·12 사태'로 군부를 장악하고, 1980년 '5·18 민주화운동'을 탄압하며 정권을 잡은 인물이죠. 그런 그가 불명예스럽게 쫓겨나 머문 곳도 백담사입니다. 한때 권력의 최강자로 군림한 전두환의 은둔은 삭탈관직되어 압구정에서 노년을 보낸 한명회의 그림자에 오버랩 됩니다. 이 둘은 그릇된 욕망에 사로잡혀 민중을 희생시켰다는 공통점이 있어요. 만약 한용운이 백담사에서 전두환을 마주했다면 무슨 말을 했을까요? 덧없는 탐욕은 인간을 깊은 수렁에 빠뜨린다고 조언하지 않았을까요?

불행하게도 우리 역사에서는 탐욕으로 인해 약자가 희생양이 된 사례가 많았습니다. 신라 때 최치원은 뛰어난 능력에도 불구하고 육두품 출신이라는 한계로 인해 정치에서 밀려났고, 어린 나이에 왕위에 오른 단종은 삼촌인 세조의 탐욕으로 목숨까지 잃었어요. 조선 중기 천재 시인 허난설헌은 남성 중심의 가부장제 사회에서 뜻을 펼치지 못했죠. 하지만 약자들의 비극은 부메랑이 되어 돌아와 결국 기득권의 벽을 허물어뜨렸습니다. 신라 왕조는 얼마 못 가 무너졌고, 세조는 도덕적으로 비난받았으며, 남성 중심의 사회체제도 이제 위기를 맞고 있으니까요. 그릇된 욕망이 약자를 억압하는 사회는 언젠가는 무너질 수밖에 없습니다.

탐욕은 인간 사회에 예나 지금이나 존재합니다. 오늘날은 대중의 소비 욕구를 충족시키는 데에 저임금 노동자들의 희생이 뒤따르는 양상이 두드러지게 나타나고 있죠. 이윤 창출의 경쟁이 치열한 자본주의 구조 속에서 노동력 착취는 필연적인 현상입니다. 실제로 자원 빈국인 우리나라가 눈부신 경제성장을 이룬 데에도 저임금 노동자들의 헌신이 있었습니다. 그러므로 너무 많은 부를 갖고, 너무 많은 상품을 누리길 원한다면, 너무 많은 희생을 강요할 수도 있음을 기억해야 할 것입니다.

그런데 탐욕으로 희생되는 것은 노동자나 농민만이 아니었습니다. 저자 신영복이 둘러본 자연 속에도 이와 비슷한 희생양이 있었어요. 바로 경북 울진군 소광리에 있는 소나무 숲이에요. 저자가 이곳을 다녀갈 즈음, 소나무들은 경복궁을 복원하는 데 쓰이느라 마구 잘려 나가고 있었습니다. 일제에 의해 훼손된 경복궁을 재건하는 일이 아무리 소중하다고 해도, 문화 보존에 자연이 희생되는 것은 씁쓸한 여운을 남깁니다.

그렇다면 역사를 비춰 볼 때, 우리는 어떤 방향으로 나아가야 할까요? 저자는 광주에 있는 무등산에서 그 해답을 찾았습니다. 무등(無等). 한마디로 순위가 없고, 약자와 강자의 구별이 없는 세계를 가리킵니다. 평등의 세계인 것입니다. 그는 무등산의 완만한 능선을 바라보며, 욕망을 끊임없이 부추기고 차별을 정당화하는 사회에서 벗어나 하늘과 땅과 사람이 평등하게 사는 세상을 떠올린 것입니다.

또 다른 하나는 철산리 앞바다에서 찾았습니다. 이곳은 남쪽 땅을 흘러온 한강과 휴전선 곁을 흘러온 임진강, 북녘 땅을 흘러온 예성강이 만나는 자리입니다. 갈등과 대립, 불안과 폭력으로 상처받던 지난 역사를 갈무리하고, 모든 이들이 평화를 지향하는 상징적인 공간이 바로 철산리 앞바다인 것이죠. 바다는 세상에서 가장 낮은 물이기에 모든 강물은 언젠가는 바다로 나아가게 됩니다. 우리 역사가 탐욕과 갈등으로 온갖 굴곡을 경험하더라도 반드시 평화로운 바다로 나아가리라고 그는 믿고 있는 것입니다.

세상을 바꾸는 주역은 누구일까?

『나무야, 나무야』는 신영복 교수가 신문에 연재한 에세이를
모아 놓은 책인데요. 그럼에도 불구하고 각각의 글들이 지닌
성격이 비슷해 보입니다. 다양한 소재를 다루고 있으면서도
전체적으로 글의 분위기가 일관되게 느껴지는 까닭은
무엇일까요?

이 책은 신영복 교수가 국토를 여행하면서 적은 글을 엮은 것입
니다. 따라서 각각의 글에는 우리 국토에 대한 지은이의 애정이 진
하게 나타나 있죠. 그런 점에서 이 글들은 독립되어 있으면서도 서
로 연결되어 있는 듯한 느낌을 줍니다. 이 밖에도 대상을 바라보는
저자의 색다른 관찰력과 안목이 책 전체를 관통하고 있어요. 특히
역사를 바라보는 지은이의 관점에서 탁월한 통찰력이 느껴집니다.
대표적인 부분이 '어리석은 자들이 세상을 바꿔 간다'는 내용을 담

은 글이에요. 예전에 저는 세상을 바꾸는 가장 중요한 원동력이 훌륭한 인물이나 위대한 권력자라고 생각했습니다. 실제로 과거 역사의 물줄기를 만든 주역은 국가 지도자나 혁명가 등 소수에 불과하니까요. 우리 역사만 돌아봐도, 조선을 일으킨 이성계라든가 임진왜란의 영웅인 이순신 등은 위대한 개인이었습니다. 그런데 작가의 생각은 제 생각과는 전혀 달랐어요.

작가는 어째서 어리석은 자가 역사를 바꿔 간다고 보았을까요?

우선 위대한 개인이 역사를 바꿔 간다는 말을 부정하기는 어려워요. 하지만 위대한 개인이 꼭 재빠르게 현실에 순응해 경쟁에서 승리하는 능력자를 뜻하는 건 아닙니다. 어쩌면 위대한 개인은 당시에는 오히려 어리석은 선택을 한 사람일 수도 있어요. 가령 이순신 같은 경우는 당시 최고 권력자인 임금의 명령을 곧바로 따르지 않았습니다. 전략적으로 이길 수 없는 전쟁이었기 때문에 나서지 않은 것인데, 이 때문에 이순신은 모진 옥살이를 해야 했죠. 만약 최고 권력자의 말을 들었다면, 그는 미움을 받지 않았을 거예요. 하지만 그를 따르던 백성과 군졸들은 큰 희생을 치렀을 것입니다. 자기 자신을 돌보지 않고 백성을 위하는 어리석은 선택을 했기에 이순신은 역사를 바꿀 수 있었던 것입니다.

책을 읽고 난 뒤 생각해 보니, 강자가 세상을 변화시키는 데는 한계가 있다는 생각이 들었어요. 오히려 강자들은 기득권을 지키기 위해 변화를 꺼리는 면이 있죠. 탐욕에 눈먼 한명회 같은 사람을 떠올려 보세요. 오로지 자기 권력을 유지하는 데에 골몰할 뿐, 세상을 바꿀 생각은 안중에도 없었죠. 제 생각에 세상은 권력에 굴하지 않는 어리석은 자, 그리고 힘없는 민중의 뜻이 모여 천천히 변화하는 것 같아요. 민주주의가 뿌리내리는 과정을 보더라도 권력에 저항하는 민중의 투쟁과 눈물이 매 순간 서려 있죠.

이순신 장군처럼 권력의 부당한 명령을 따르지 않았던 인물이 역사를 바꿔 나갔다는 것은 이해가 됩니다. 그런데 힘없는 민중이 역사를 바꾼다는 것은 지나친 비약이 아닐까요?

앞서 말했듯이, 예전에는 저도 세상은 능력 있고 창의적인 소수에 의해 변혁을 이뤄 왔다고 생각했습니다. 훈민정음은 세종 같은 뛰어난 임금이 없었다면 절대로 만들어지지 못했을 것이고, 세계기록유산으로 지정된 의서 『동의보감』도 허준이라는 명의가 없었다면 빛을 보지 못했을 거예요. 역사를 수놓은 업적이나 사건은 뛰어난 개인에 의해 탄생된 경우가 많죠.

그렇지만 아무리 뛰어난 개인도 그를 지지해 주는 민중이 없다면 세상을 바꾸기 힘들어요. 세종이 심혈을 기울여 만든 훈민정음만 해도 그 당시 양반들에게는 천한 글자라고 외면당했어요. 만약 그때 훈민정음을 아무도 쓰지 않고 방치해 두었다면 어땠을까요? 아녀자와 일반 백성들까지도 훈민정음에 무관심했다면 한글이 오늘날과 같은 영광을 누렸을까요? 아마 고대 상형문자처럼 죽은 글자가 되었을 것입니다. 다행히 아녀자와 백성들 사이에서 훈민정음은 사랑받았고, 그 덕분에 한글이 세계에서 인정받는 찬란한 문화유산이 될 수 있었어요. 더군다나 세종이 한글을 창제하겠다고 결심한 데에는 양반이 아니라 일반 백성의 영향력이 컸어요. 어리석은 백성이 말하고자 하는 바가 있어도 능히 펼치지 못하는 것을 불쌍히 여겨 만든 글자가 훈민정음이었으니, 훈민정음 창제의 밑바탕에는 약한 자들의 슬픔이 놓여 있던 것이죠.

어리석은 자, 약한 자가 세상을 바꿔 간다는 의미를 이제 조금 이해하겠어요. 혹시 이 책에 이런 의미를 담은 사연이 있을까요?

신영복 교수가 한산섬에 다녀오며 얻은 깨달음을 전하는 글이 있어요. 이 글에서 저자는 '이순신 장군은 광화문에 서 있는 동상처럼 위압적인 존재가 아니라, 백성들과 늘 어울려 지내는 분'이라고 했죠. 실제로 그는 바다에서 적과 싸울 때도, 무고하게 옥에 갇혔을 때도 늘 백성과 함께했습니다. 그에게 물길을 가르쳐 준 사람, 활과 화약을 만들어 준 사람, 함선을 수리해 준 사람은 모두 민초들이었습니다. 그러니까 민중이 숨은 조력자였던 셈이죠. 이순신 장군은 이처럼 연약한 백성들과 함께 국난에 처한 나라를 구한 것이지, 결단코 권세가들과 어울려 나라를 구한 게 아니었어요.

이 책에는 "가장 강한 사람은 가장 많은 사람의 힘을 이끌어 내고, 가장 현명한 사람은 가장 많은 사람의 말을 경청한다."라는 문장이 나와요. 이 말 속에 역사를 바꾸는 주체가 누구인지 나타나 있습니다. 뛰어난 개인이 일반 사람들을 존중하고 경청하는 과정에서 세상은 의미 있게 변해 갑니다.

욕망은 공동체에 이로울까, 해로울까?

이 책은 기행문이면서도 인간의 탐욕을 경계하는 내용이 담겨 있습니다. 자본주의사회에 대한 비판도 자주 엿보이는데, 자본주의가 이렇게 나쁜 것인가요?

신영복 교수는 대학에서 경제학을 전공하고 또 가르쳤던 분이에요. 아마 자본주의가 지닌 장단점을 누구보다도 잘 알고 있으리라 생각합니다. 또 사람의 욕망이 인류 역사를 발전시켜 왔다는 사실도 잘 알고 있을 것입니다. 인류가 이룩한 문명을 보면 욕망이 투영되지 않은 것이 없어요. 더 빠르게, 더 안락하게, 더 풍족하게, 더 편하게 등등 인류는 기존의 상태에서 항상 더 나아간 삶을 원했고, 그것이 발전의 원동력이 되었죠. 만약 자기 현실에 만족하고 욕망을 추구하지 않았다면 발달된 현대 문명은 이룩되지 않았을 것입니다.

자본주의는 인간이라면 누구나 욕망을 추구할 수 있도록 만들어 준 경제체제입니다. 자본주의 이전 시대에는 신분에 따른 굴레 때문에 더 누리고 싶어도 욕망을 충족하는 데에 한계가 있었어요. 하지만 자본주의는 그런 한계를 무너뜨렸죠. 누구나 떳떳하게 자기 욕망을 추구할 수 있게 된 거예요. 신분이 천한 이들도 경제적인 힘이 생겼고, 그들은 정치적인 권리까지 요구하여 신분제를 깨뜨릴 수 있었어요. 인간의 욕망과 자본주의가 거둔 성취라고 할 수 있습니다.

인간의 욕망과 자본주의가 나름대로 역사의 발전에 기여했다는 말씀이군요. 그런데 어째서 지은이는 자본주의에 대해 비판적인가요?

자본주의가 인간의 욕망을 지나치게 부추기는 시스템이기 때문이에요. 인간의 욕망은 항상 더 나은 것을 원합니다. 특히 남들과 비교했을 때 더 나은 존재가 되기를 원하죠. 자본주의사회에서는 그런 욕망을 더 나은 상품을 소비하는 것으로 실현시킬 수 있어요. 그리고 그런 소비를 위해 사람들은 돈을 벌고, 돈을 많이 벌면 벌수록 스스로가 더 나은 존재가 되었다고 생각하게 되죠. '돈이 곧 성공이다', '돈이 곧 신이다'라는 물신주의적인 생각이 사회에 가득 차게 만든 것, 이것이 자본주의가 지닌 가장 큰 문제입니다.

또한 자본주의사회에서는 그 어떤 것보다도 자본을 최우선 가치로 설정하다 보니 이윤을 창출하기 위해 희생을 강요할 때가 있어요. 대체로 그 희생은 노동자나 농민처럼 힘없는 약자들이 짊어질 때가 많죠. 그 결과 자본주의사회에서는 불평등이 갈수록 심해지고 있습니다. 마지막으로 지은이는 자본주의적인 생산과 소비가 인간은 물론 자연까지 파괴한다고 경계하고 있습니다.

하지만 새로운 상품이 개발되고 공장에서 물건을 바쁘게 찍어내야, 노동자들의 일감이 늘어나고 형편도 좋아지는 것
아닐까요?

맞는 말이에요. 경제가 잘 돌아가려면 생산이 꾸준히 이루어져야 하고 소비가 활성화되어야겠죠. 그런데 그 전에 전제되어야 하는 것이 한 가지 있습니다. 바로 많은 사람들이 공평하게 소비에 참여해야 한다는 것입니다. 만약 땀 흘린 대가가 공평하게 돌아가지 않고, 소수의 자본가들만 그 이익을 누린다고 생각해 보세요. 소수의 자본가들은 자신의 욕망을 채우기 위해 맘껏 소비하겠지만, 대다수 사람들은 가난에 시달리며 최소한의 소비만 하게 되겠죠. 따

라서 이윤을 공평하게 분배하지 않으면, 세상의 자본은 소수의 부풀려진 욕망을 채우는 데에 허비될 것입니다. 저자는 자본주의가 이러한 허점을 지니고 있는 상황에서, 자꾸 욕망을 키우는 것이 비극을 낳는다고 지적한 것이죠.

또한 자본주의는 불필요한 소비를 조장해요. 앞에서도 말했듯이 사람들은 생활의 필요 때문이 아니라 누군가에게 과시할 목적으로 물건을 소비하는 경우도 적지 않습니다. 사람들이 제품을 구입할 때 질보다 브랜드를 따지는 것도 이런 이유 때문이죠. 과거에는 기업들이 소비자의 필요를 고민해 제품을 만들었지만, 이제는 소비자들이 느끼지 못하는 필요까지 기업이 창조하고 있어요.

그러면 현재 상황에서 자본주의를 극복하거나 인간의 욕망을 절제할 수 있는 방법이 있나요?

쉽지 않아요. 특히 남보다 더 나아지려는 인간의 욕망이 지속되는 한 자본주의 체제가 뒤바뀌는 것은 어렵겠죠. 또한 당장에 욕망을 절제하라는 요구는 인간에게서 꿈꿀 자유를 앗아 가는 것이기도 합니다. 하지만 욕망의 방향을 바꾸는 일은 가능해요. 이를테면 남보다 나아지려는 욕망을 공공선을 위한 행동으로 변화시킨다면 어떨까요? 남보다 더 많은 소비를 하더라도 타인과 공동체를 위해 명예로운 소비를 한다면 세상이 좀 더 나아지지 않을까요?

현대사회의 욕망은 기업과 미디어에 의해 만들어지는 경우가 대부분입니다. 휘황찬란한 광고들이 헛된 욕망을 부추기죠. 만약 그것들을 비판적으로 바라보는 안목을 갖춘다면 상품 논리에서 빠져나올 수 있을 것입니다. 그 후 진정한 자기 자신과 공동체를 위해 욕망의 방향을 바꾼다면 그것이 바로 자본주의가 지닌 문제들을 극복하는 길이 되지 않을까 해요. 중소기업 제품 등을 구매하는 등 고용을 창출하는 소비, 경제적인 약자를 돕는 소비, 정당한 대가를 지불하는 소비로 나아가는 길들을 생각해 볼 수 있겠죠.

독일의 대문호 괴테는 "인생은 속도가 아니라 방향"이라는 말을 남겼어요. 남들보다 얼마나 빠르게 성취를 하느냐보다 어떤 성취를 하느냐를 더 진지하게 고민해 봐야 할 것입니다.

자본주의와 자연은 공존할 수 있을까?

자본주의를 떠올리면 연상되는 단어에는 무엇이 있을까요? 투자, 이익, 주식, 은행, 금리 등등 다양한 단어들이 떠오를 것입니다. 그중에서 빼놓을 수 없는 말이 바로 '개발'입니다. 쓸모없던 것을 쓸모 있는 것으로 만드는 이 과정에서, 사람들은 커다란 이익을 얻게 마련입니다. 그렇다면 개발의 대상은 무엇일까요? 요즘에는 낙후된 곳을 다시 개발하는 경우가 많지만, 개발이 처음 될 때 그 대상은 아직 인간의 손길이 잘 닿지 않는 자연인 경우가 대부분이었습니다. 자본주의는 자연을 개발하여 꾸준히 이윤을 추구해 왔던 것입니다. 이렇게 보면 자본주의 체제에서 자연은 그 자체가 아니라 개발의 대상으로서 의미를 지닙니다. 따라서 인간의 욕망이 커지면 커질수록 자연은 더 개발되어 본래의 모습을 잃어 가겠죠.

현대인의 필수품 가운데 빼놓을 수 없는 것은 무엇일까요? 아마도 모든 집에 비치되어 있는 물건 중 하나는 냉장고가 아닐까 합니다. 에어컨이나 TV는 없어도 살 수 있지만, 냉장고가 없다면 당장 불편함을 느낄 거예요. 과거 30년 전쯤만 해도 냉장고 용량은 기껏 해야 200리터가 채 안 되었습니다. 그런데 요즘은 1,000리터에 육박하는 냉장고도 많죠. 뜬금없이 웬 냉장고 이야기일까요? 사실 자본주의사회에서 생겨나는 욕망은 냉장고의 용량과 참으로 닮았습니다. 둘 다 예외 없이 시간이 흐를수록 더 커지니까요. 그런데 집에 가서 냉장고를 열어 보세요. 잘 정돈된 냉장고도 있지만 너무 오랫동안 보관해서 버려야 할 음식물로 가득 찬 냉장고도 꽤 있을 것입니다. 용량이 크면 클수록 채워야 할 음식도 많고, 그래서 상하거나 버릴 음식물도 냉장고 안에 쌓이게 되죠. 인간의 욕망도 똑같아요. 욕망의 크기를 키우다 보면 채워야 할 것들이 점점 많아집니다. 그중에는 의미가 있는 욕망도 있지만 쓸데없는 욕망들도 많습니다. 욕망은 커지는데 충족이 안 되면 어쩐지 허전하고 불안합니다. 용량만 큰, 텅 빈 냉장고처럼 말입니다.

그렇다면 우리의 욕망은 무엇을 통해 커 가는 것일까요? 자본주의사회에서 기업은 광고를 통해 사람들의 욕망을 부추깁니다. 좋은 머릿결, 향기 나는 옷, 편안한 매트리스, 럭셔리한 스마트폰, 도시를 질주하는 스포츠카 등…. 이에 따라 사람들은 더 많은 상품을 소유하고 싶어 하죠. 지금 현재를 만족하고 살아가는 사람들에게 광고는 결핍감을 심어 줍니다. 그래서 또다시 새로운 것들을 욕망하게 만들죠. 생활의 필요가 아니라 광고로 부풀려진 욕망 때문에 사람들은 소비에 나서는 것입니다. 사실 여기서 진짜 큰 문제는 따로 있습니다. 그 욕망을 충족시키는 데, 자연의 희생이 뒤따른다는 것입니다. 우리가 소비하는 제품의 상당수는 자연에서 얻어집니다. 따라서 인간의 욕망이 커질수록 약자인 자연은 필요 이상의 착취를 당할 수밖에 없어요. 신영복 교수가 주목한 소광리 소나무 숲도 인간의 욕망에 의해 희생된 제물이었습니다.

인간이 자연을 활용하게 된 것은 17세기 과학의 발전에 힘입어 근대적인 세계관이 등장하고부터입니다. 원래 자연은 인간에게 신앙과도 같은 존재였어요. 지진, 홍수 같은 재해는 공포와 두려움의 대상이었고, 바위는 풍요와 다산의 상징이었죠. 자연 하나하나가 소중하고 의미 있는 대상이었던 것입니다. 그런데 과학의 발전으로 인간은 어느덧 자연의 섭리를 수학 법칙이나 물리 공식으로 설명하기에 이르렀습니다. 자연이 더 이상 신령스러운 존재가 아니라 인간의 인식 안에서 설명 가능한 대상이 된 것입니다. 게다가 인간이 만들어 낸 기술은 자연을 쓰임새 있게 개발하는 수준으로 발전해 갔어요. 그러면서 점차 자연은 인간과 공존해야 할 대상이 아니라 욕망을 채우는 수단이 되어 버리고 말았습니다.

사람들은 어떤 대상이 더 이상 공존할 수 없는 존재라고 여길 때 배타적으로 변합니다. 우리 편이 아니면 적이라는 이분법이 작동하는 것이죠. 이때 상대가 약자이거나 소수자이면 폭력성을 드러냅니다. 그들은 아무리 폭력을 가해도 저항할 힘이 없기 때문이에요. 자연도 마찬가지입니다. 아무리 개발을 하고 오염을 시켜도 그저 묵묵히 당하고만 있으니까요. 인간의 탐욕과 폭력성에 브레이크를 걸 장치가 없는 것입니다.

하지만 지난 역사의 교훈이 말해 주듯, 약자를 억압한 사회는 결국 망하고 맙니다. 자연도 이를 입증이나 하려는 듯 인류에게 서서히 경고의 메시지를 보내오고 있어요. 세계 곳곳에서 이상기후 현상이나 지진 등 자연재해가 발생하는 것도 그 신호의 하나죠. 그렇다면 지금 이 시점에서 우리는 어떻게 해야 할까요? 『나무야, 나무야』는 넌지시 그 해법을 전하고 있습니다. 먹지도 못할 음식물로 가득 찬 덩치 큰 냉장고를 줄이면 신선한 식재료를 늘 접할 수 있듯이, 인간의 쓸데없는 허황된 욕망을 줄인다면 아름다운 자연과 오랫동안 공존할 수 있다고 말입니다. 욕망의 크기를 알맞게 줄이는 것이야말로 전 인류와 자연이 공존하는 지혜임을 깨달아야 할 것입니다.

BOOK 11

시대를 향한 물음, 지식인의 임무는 무엇인가

『시인 동주』

　°"궁핍한 시대에 시인은 무엇을 해야 할까?" 독일 시인 프리드리히 횔덜린이 쓴 「빵과 포도주」에 나오는 시구입니다. 횔덜린은 1770년대 후반 독일에서 태어났습니다. 당시 독일은 유럽의 변방이었죠. 부패한 봉건영주들은 자신의 이익만 추구할 뿐 백성의 삶은 돌보지 않았고, 엄격한 종교적인 규율로 자유로운 사고를 억압하고 있었습니다.

　청년 횔덜린은 원래 어머니의 뜻에 따라 튀빙겐대학교 신학대학에서 성직자가 되기 위한 교육을 받고 있었습니다. 그런데 이 무렵 그의 삶에 지대한 영향을 끼치는 역사적 사건이 일어납니다. 바로 프랑스혁명(1789년)이었죠. 그는 성직자의 길을 포기한 채 시인의 길을 걸으며 프랑스혁명을 찬미하는 비밀결사에 참여했습니다. 그러면서 고민했어요. "궁핍한 시대에 시인은 무엇을 해야 할까?"라고요. 그의 답은 다음과 같았습니다. 시인은 성스러운 밤에 이 나라 저 나라를 떠도는 포도주 신 디오니소스를 섬기는 사제와 같은 존재이므로, 현실의 억압과 통제를 이겨 내고 자유와 꿈, 이상을 널리 퍼뜨려야 한다고 말입니다.

혁명을 지지하던 휠덜린의 삶은 결코 평탄하지 않았습니다. 비밀결사는 발각되었고, 휠덜린은 정신이상 증세로 평생을 고생해야 했죠. 하지만 그의 메시지는 독일 지식인과 예술인에게 큰 감명을 주었고, 그는 독일에서 가장 위대한 시인의 한 사람으로 평가받고 있습니다.

"궁핍한 시대에 시인은 무엇을 해야 할까?" 만약 이 질문을 우리에게 던진다면 어떨까요? 우리 역사에서 생존과 자유가 위협받았던 궁핍한 시절은 언제일까요? 아마도 잔혹했던 일제강점기 시절을 떠올릴 수 있을 것입니다. 일제의 탄압으로 고단한 삶이 이어졌고, 지식인들조차 물질과 권력에 영혼을 팔아치운 채 민족마저도 배반하던 시절이었죠. 이때 어느 순수한 청년 시인이 어둠 속에서 빛나는 양심을 노래하고 있었습니다. '죽는 날까지 하늘을 우러러 한 점 부끄럼이 없기를, 잎새에 이는 바람에도 괴로워하며' 밤이면 밤마다 자신의 거울을 부지런히 닦던 청년 시인 윤동주. 그는 궁핍한 시대에 모두를 대신하여 부끄러움과 양심을 노래할 줄 알았던 시인이었습니다.

안소영 작가의 『시인 동주』는 일제강점기의 엄혹한 시대를 살아간 시인 윤동주의 삶과 시를 다룬 책입니다. 윤동주가 살았던 시대는 일제강점기 중에서도 가장 극심한 탄압을 받던 시기였습니다. 일본과 조선이 하나, 즉 내선일체(內鮮一體)라는 해괴한 구호를 내세우며 민족을 말살하기 위해 창씨개명을 강요하고, 태평양전쟁을 일으켜 조선의 청년들을 강제로 징집해서 사지로 내몰던 시절이었죠. 이 시기 윤동주는 어떤 삶을 살았고, 어떤 작품을 썼을까요?

1938년 어느 봄날, 일제가 중국 본토를 침략하여 중일전쟁이 일어난 지 1년이 채 되지 않은 때였습니다. 스물두 살의 청년 동주는 고향을 떠나 외사촌 몽규와 경성의 연희전문학교에 입학했습니다. 북간도 용정 시절부터 정지용의 시를 즐겨 읽던 동주는 학우들과 함께 문예지를 만들고 시를 창작하는 등 감수성이 풍부한 청년이었죠. 아버지는 생활의 안정을 위해 의과에 진학하라고 권유했지만, 시를 좋아하던 동주는 철학과 문학, 언어를 공부하는 연희전문 문과를 선택했습니다. 청년 동주에게 안정적인 삶은 결코 떳떳한 일이 아니었으니까요.

경성은 북간도 용정과는 모든 것이 달랐습니다. 무엇보다 조선 사람들의 활기가 넘쳤죠. 백화점, 카페, 최신식 상점이 즐비한 시가지에는 사람들이 가득했습니다. 전차와 버스가 다니고 전신과 전화가 연결된 근대적인 도시였죠. 하지만 동주와 몽규는 마음이 편치 않았습니다. 시가지 중심에 자리 잡은 경찰 주재소의 깃대 위에서 일장기가 펄럭이며 조선인들을 거만하게 바라보고 있었거든요.

푸른 꿈을 안고 경성에 유학을 왔지만 동주와 몽규 앞에 놓인 현실은 만만치 않았습니다. 일제는 조선을 병탄한 후에도 야욕을 버리지 않고 급기야 중국과 전쟁을 일으키면서 온갖 차별과 수탈을 저질렀어요. 모든 물자는 전쟁에 동원되었고 지식과 사상은 엄격하게 통제되었죠. 동주가 입학하던 때 좌경 교수들이 검거되었고, 1년 후에는 조선어를 가르치던 최현배 교수마저 체포됐어요. 일제는 뜻 있는 교수나 학생을 함부로 가두기 일쑤였습니다. 사회 현실에 관심이 많던 몽규도 일경에 잡혀 곤욕을 치렀죠.

동주는 암울한 현실을 시를 쓰며 내적으로 대응해 나갔습니다. '혼신의 힘을 다해 진실하게' 조선의 아픈 현실을 그려 냈고, 문학 잡지를 돌려 보며 문학이 나아갈 방향에 대해 친구들과 함께 열띤 의견을 나누었죠. 그러던 1939년 10월, 동주는 그렇게 좋아하던 시 쓰기를 멈춥니다. '조선 문학의 출발은 내선일체에 있다'는 친일 문학인의 선언이 있던 바로 그날이었어요. 조선의 내로라하는 작가들이 친일을 선언할 때, 늘 푸른 조선 청년 동주는 그들을 대신해 뼛속 깊이 부끄러움을 느꼈던 것입니다.

동주가 다시 시를 쓴 것은 1940년 12월 동주 자신도 독서회 사건으로 곤욕을 치른 뒤였습니다. 그 시기는 이미 그 누구도 함부로 조선어로 시를 쓸 수 없을 만큼 탄압이 극심하던 때였죠.

··· '고도 국방 국가 건설'로 달려가고 있는 시대에, 더구나 점점 사라져 가는 조선말로 시를 쓰는 것이, 어떤 의미가 있고 무슨 소용이 있는 일일까. 창작은 공감과 반응을 얻을 때 비로소 빛나는 법인데, 시를 써도 내보일 지면이나 공간이 없었다. ···

바로 이런 절망의 시대, 사람들의 지성과 감성이 모두 무너진 폐허와도 같은 시대, 더 이상 아무도 시를 쓰려 하지 않는 시대에, 동주의 시는 새로이 움트고 있었다. 한때 동주도 문인이라는 빛나고 아름다운 이름을 갈망한 적이 있었다. 공들여 쓴 작품으로 세상과 문단의 눈길을 끌고도 싶었다. 그러나 이제는 그러한 이름이나 평가가 중요하지 않았다. 자신의 마음 깊숙한 곳을 들여다보고, 주변의 자연과 사물들도 그곳까지 데려가, 일렁이는 감성들을 충분히 무르익게 하고, 때로는 예리한 지성의 바늘로 톡 건드리기도 하면서, 마침내 정제되고 아름다운 우리말의 체에 걸러, 노트 위에 한 편의 시로 옮겨 적는 길고도 진실하고 순정한 시간. 그것이면 충분했다. 동주의 새로운 시는 절망의 어두운 그늘 속까지, 슬픔의 웅덩이 깊은 곳까지 닿아 본 사람만이 쓸 수 있는 시였다. 어떠한 어려움 속에서도 맑고 고요한 눈을 잃지 않은 사람만이 부를 수 있는 노래이기도 했다.

— 안소영, 『시인 동주』(창비)에서

더 이상 조선어로 글을 쓸 수 없던 절망의 시절에 동주의 시가 새롭게 움트고 있었습니다. "십자가가 허락된다면//모가지를 드리우고/꽃처럼 피어나는 피를/어두워 가는 하늘 밑에/조용히 흘리겠습니다."(「십자가」에서)라는 철저한 자기희생과 성찰의 모습으로 동주는 시를 썼습니다. 물질과 권력에 눈이 어두워 선배 지식인들이 친일을 택하던 그 시점에, 동주는 모두를 대신하여 부끄러움을 고백하고 희생을 노래했습니다.

1942년 윤동주는 새로운 길을 모색하기 위해 일본 유학을 결심합니다. 일본으로 건너가기 위해 '히라누마 도주'로 굴욕적인 창씨개명까지 해야 했죠. 하지만 전쟁의 광기에 휩싸인 일본은 그를 불온한 조선인이라는 명목으로 체포했습니다. 어두운 창살 아래 갇힌 늘 푸른 청년 동주. 얼마 후 그는 싸늘한 주검이 되었어요. 하지만 그의 시 구절처럼 겨울이 지나고 무덤 위에 파란 잔디가 피어나듯이, 그는 늘 푸른 빛깔로 여전히 우리 곁에 머물러 있습니다.

『시인 동주』는 암흑으로 가득 찬 일제강점기를 눈부신 유성처럼 비췄던 시인 윤동주의 고결한 삶을 그리고 있습니다. 그뿐 아니라 윤동주가 어떻게 민족의식을 지니게 되었는지, 고난과 역경 속에서도 포기해서는 안 될 가치가 무엇인지, 문학과 예술은 시대에 어떻게 대응해야 하는지 살펴보고 있죠.

또한 이 책에는 일제가 중일전쟁과 태평양전쟁을 일으키는 등 침략의 야욕을 노골화하던 시기, 우리 민족의 삶이 자세히 묘사되어 있습니다. 조선 청년들을 전쟁에 징집하려고 내선일체를 주장하거나 황국신민서사를 외우게 하는 등, 우리 민족을 말살하려던 일제의 정책들이 잘 나타나 있죠. 따라서 이 책은 역사적인 배경들도 곱씹어 가며 읽어야 해요. 이를 정확히 알아야만 청년 윤동주가 얼마나 어렵고 고통스럽게 양심을 지켜 냈는지, 그 당시 우리말로 시를 쓴다는 것이 어떤 의미인지 이해할 수 있죠. 더불어 우리가 엄혹한 그 시기를 살았다면 어떤 선택을 했을지도 떠올려 본다면 윤동주의 고귀한 삶에 더욱 공감할 수 있을 것입니다.

친일을 어떻게 볼 것인가?

윤동주 시인은 독립운동에 참여한 적이 없는데도 어째서 한동안 저항 시인으로 알려져 왔을까요?

사실 윤동주 시인은 일제에 저항한 경력이 거의 없습니다. 이육사 시인이 항일 무장 단체인 의열단에 가입하고 조선은행 대구 지점 폭파 사건에 연루되어 옥살이를 하는 등 실질적인 독립운동을 했던 것과는 대조적이죠. 오히려 윤동주보다는 외사촌 송몽규가 사회 비판적인 성향이 더 강했고, 실천적인 행동도 더 많이 했다고 할 수 있어요. 윤동주 시인은 자기 성찰적인 시를 썼을 뿐이니까요.

하지만 책에서 서술된 대로 그 당시 우리말로 시를 쓰고 시대를 성찰한 것은 그 자체로 큰 의미가 있어요. 출판도 기약할 수 없는 현실 속에서 우리말로 시를 쓴 것은 민족적 자존심을 지키기 위한 노력으로 볼 수 있죠. 특히 일본어로 작품을 발표한 친일 지식인들을 떠올려 보면, 순수하게 우리말로 시를 쓴 윤동주 시인의 가치는 더욱 빛나 보입니다. 그 당시 내로라하는 작가나 평론가들도 모두 일본어로 작품을 썼거든요. 한때 민족주의자였던 이들도 친일파로 돌아서는 일이 참 많았습니다. 문인 중에는 이광수, 최남선 같은 이들이 친일에 나섰죠. 이 점에서 윤동주 시인의 저항적인 이미지가 형성되지 않았나 싶습니다.

예전부터 궁금했는데요, 그 당시 지식인들은 어쩌다가 친일을 선택했던 것일까요?

우선 나라를 빼앗길 즈음에는 수많은 지식인들이 나라를 되찾기 위해 노력을 기울였어요. 이광수라든가 최남수 같은 대표적인 친일 인사도 1919년 3·1 운동이나 일본 도쿄에서 있었던 2·8 독립선언 때는 적극적으로 참여했다고 알려져 있거든요. 그런데 항일운동이라든가 독립을 위한 노력이 생각보다 순탄하지는 않았어요. 게다가 일본은 식민지 조선의 지식인들을 감시하고 통제하는 한편, 자기들 편으로 회유하려는 노력을 기울였죠.

그리고 일제가 통치하는 기간이 길어지면서 상당수 사람들이 식민지 지배 체제에 길들여지고 있었습니다. 30여 년 넘게 식민지를 경험했으니, 저항 의식은 무뎌지고 식민 지배에 익숙해진 것이죠. 친일파들은 일본이 망할 것을 전혀 예상할 수 없었다고 말했으니까요. 아울러 그 시절 상당수 젊은 조선인들은 태어날 때부터 이미 식민지인이었습니다. 어쩌면 그들은 식민지인으로 생활하는 데에 큰 문제의식을 지니지 않았을 가능성이 높습니다. 법대에 들어가서 법관이 되거나 경제학을 전공해서 은행가가 되거나, 의대에 진학하여 의사가 되는 평범한 일상을 꿈꿨을지도 모르죠. 지식을 갖췄다고 해서 민족의식이 투철했다고 할 수는 없는 것입니다. 또 일제가 정치권력을 쥔 상태에서 먹고살기 위해 일제의 눈치를 보는 게 일상화되었을 것입니다.

이 밖에도 피지배 계층들에게는 처음부터 저항 의식을 기대하는 게 무리였다고 할 수 있어요. 사실 일제강점기나 구한말이나 백성들의 삶은 크게 다르지 않았습니다. 조선의 부패한 관리들에게 수탈당하는 거나, 일제에 의해 수탈당하는 거나, 수탈하는 주체만 바뀌었을 뿐 현실은 다를 바 없었죠. 따라서 어떤 이들에게는 나라를 잃은 것이 큰 의미가 없었는지도 모릅니다. 그럼에도 불구하고 항일 투쟁에 나선 의병 중에는 일반 백성들이 가장 많았어요. 정말 대단한 일이죠.

죄송한 말씀이지만, 마치 친일파의 변명처럼 느껴지네요. 친일파를 옹호하시는 건 아니죠?

당연히 친일은 청산해야 한다고 생각합니다. 다만 친일을 하게 된 까닭과 항일에 적극 나서지 않았던 이유를 살펴본 것뿐입니다. 어떤 의도를 가지고 어느 정도 친일을 했느냐에 따라 친일 청산의 방법이 달라져야 한다고 보기 때문이에요.

저는 아무리 오랫동안 식민지 경험을 한다 해도 민족혼이 사라진다고 보지는 않습니다. 일제 36년이 결코 짧은 시간은 아니었지만, 그렇다고 아주 긴 세월도 아니었어요. 세계 여러 지역을 보세요. 북아일랜드에서는 지금도 독립을 요구하는 시위가 계속되고, 이스라엘과 팔레스타인은 여전히 민족 분쟁을 겪고 있습니다. 아무리 오랫동안 식민 지배를 받았다 해도 민족성이 희미해지거나 친일이 정당화되는 것은 아닙니다. 민족과 공동체를 저버린 죄는 결코 용서할 수 없죠.

가끔 친일파 후손들의 인터뷰를 보면 그때 당시는 그렇게 친일하지 않았으면 목숨이 위태로웠을 거라고들 하는데, 친일을 하지 않고도 살아갈 수 있는 방법은 존재했을 것입니다. 작품 속에 등장하는 윤동주의 하숙집 주인, 극작가 김송 씨를 보세요. 그는 일제에 협력할 수 있었는데도 끝까지 협력하지 않았어요. 불이익과 불편을 감수하면서 말입니다. 윤동주와 송몽규는 말할 필요도 없고요. 이에 비해 이광수 같은 문인은 용납하기 힘든 범죄를 저질렀지 않습니까? 젊은이들을 전쟁터로 내몰기 위해 연설을 하는 등 우리 민족을 위험에 빠뜨렸으니까요. 개인의 명예와 권력, 재산을 위해 친일한 죄는 꼭 물어야 합니다. 친일로 벌어들인 재산도 국고로 환수해

야 마땅하고요. 나라를 팔아먹어도 그 후손은 잘살고, 독립군 후손
만 고생한다는 말은 없어져야 해요. 다만 어떤 죄가 더 가볍고 무거
운지는 가려야 할 것입니다.

문학은 현실에 참여해야 하는가?

이 책에는 윤동주와 송몽규가 주요 인물로 등장하는데,
두 사람의 모습은 조금 차이가 있어요. 짧게 설명 부탁드립니다.

이 책의 두 주인공 동주와 몽규는 비슷하면서도 약간 차이가 있
어요. 몽규가 사회나 현실에 적극적으로 참여했던 것과 달리 동주
는 순수하게 자기 양심을 지키며 살았으니까요. 몽규가 적극적인
사회 활동가라면, 동주는 학문을 탐구하는 학자나 작가에 가까운
사람이었어요.

둘은 문학을 바라보는 시각에도 미묘한 차이가 있었습니다. 우
선 몽규는 《문장》지에 실린 '순수 논쟁(순수 문학 논쟁)'을 접한 후,
비록 문학이 완성도는 떨어질지라도 어렵고 고통받는 사람들을 그
려야 한다고 보았습니다. 일제강점기라는 어두운 현실에서 문학이
소외된 이들에게 관심을 가지는 것을 의무라고 생각했죠.

몽규와 달리 동주는 고통받는 사람들을 그리되 작가가 혼신의

힘을 다해서 진실하게 그려야 한다고 보았습니다. 몽규가 적극적인 사회적 실천을 강조한 반면, 동주는 섬세한 표현에도 관심을 기울였던 것이죠.

좀 전에 《문장》지에 '순수 논쟁'이 실렸다고 말씀하셨는데요, '순수 논쟁'이란 무엇인가요?

'순수 논쟁'은 1939년 유진오의 글에 김동리가 반박하면서 시작된 논쟁입니다. 처음에는 단순히 구세대와 신세대 사이의 대결 양상을 띠고 있었어요. 그러던 것이 문학을 바라보는 관점의 차이로 확대되었고, 해방 이후 1960년대에는 문학의 현실 참여 논쟁으로까지 이어지게 되었죠. 이 논쟁은 '문학이 정치라든가 사회문제 같은 문학 이외의 것과도 관련을 맺어야 하는지, 아니면 문학 그 자체로서의 순수성을 지켜야 하는지'에 대한 것이었습니다.

순수문학 편에 선 사람들은 문학이 특정한 이념이나 사상, 혹은 정치의 수단이 되는 것을 경계하면서 문학 자체로서 의미를 지녀야 한다고 주장했습니다. 그렇다면 문학 그 자체로 순수하다는 건 무엇을 의미할까요? 이는 가장 먼저 작품이 문학적인 형식을 갖추고 있다는 것을 뜻합니다. 시를 예로 든다면, 적어도 연과 행의 구분은 있어야 하고, 비유라든가 상징, 이미지 등을 살려서 표현해야 하겠죠. 현실을 비판하는 주제만 내세우고 형식을 소홀히 하면 시가 아니라 논설문이나 선전문이 될 테니까요. 소설을 쓸 때에도 인물의 사실성과 구체성이 있어야 할 것입니다. 만약 이상적인 인물을 제시하면 개연성이 떨어지고 독자들의 외면을 받을 수도 있겠죠.

문학이 형식이나 기교에 신경 쓰다 보면 오히려 사회 현실과는 거리가 생기지 않을까요? 순수 논쟁에 참여했던 작가 김동리의 「무녀도」, 「역마」 같은 작품을 떠올려 보면 그 배경이 식민지 조국이라는 느낌이 전혀 나지 않아요. 약자를 다루지도 않고요.

그렇습니다. 순수를 주장한 작가들의 작품에서는 현실에 대한 고뇌가 잘 드러나지 않죠. 이와 달리 참여를 지향했던 작가들은 문학이 현실과 사회에 밀접한 관련이 있으므로, 현실이나 사회의 부조리에 관심을 기울여야 한다고 보았습니다.

저는 개인적으로 문학의 목적은 약자들을 위한 공감과 위로라고 생각합니다. 성공한 이들보다 실패한 이들을 위로하는 게 문학이 존재하는 이유겠죠. 따라서 이미지, 상징 등 기교를 얼마나 많이 사용하느냐보다 얼마나 진정성 있게 현실을 그리느냐가 더욱 중요하다고 봅니다.

『시인 동주』에서 윤동주 시인은 이렇게 묻습니다. 순수를 염두에 두고 쓰면 순수한 작품이고, 현실을 그리면 순수하지 않은 작품이 되는 거냐고요. 그는 혼신의 힘을 다해 진실하게 아픈 현실을 그려

내고, 그 진심이 읽는 이에게 전달된다면 이것이 바로 참된 순수라고 보았어요. 여기에는 현실을 외면해서는 안 된다는 의미가 담겨 있습니다.

그런데 꼭 사회 현실을 그려야만 혼신을 다한 거라고 말할 수 있을까요? 어떻게 하면 아름다운 작품을 만들지 깊게 고민한다면, 이 역시 혼신을 다한 것으로 볼 수 있지 않을까요?

네, 맞아요. 그래서 윤동주 시인도 시어 하나하나를 고를 때마다 섬세하게 신경을 썼죠. 그만큼 미적인 가치를 무시하지 않았다는 뜻입니다. 문학이 언어로 된 예술이고 예술은 아름다움을 표현하는 것이니, 사회 현실과 맞닿아 있더라도 미적인 가치를 저버려서는 안 돼요. 그러면 예술이기를 포기한 정치 선전과 똑같아지니까요. 여기에 바로 참여문학의 한계가 있습니다.

하지만 시대가 시대이니 만큼 윤동주 시인의 고민은 아주 깊었습니다. 무엇보다 아름답지 않은 시대를 어떻게 아름답게 그릴 수 있을까 고민했어요. 시대가 힘들고 어려운데 어떻게 작품이 아름다울 수 있겠습니까? 윤동주 시인이 쓴 시에서도 고민의 흔적을 읽을 수 있습니다. "인생은 살기 어렵다는데/시가 이렇게 쉽게 씌어지는 것은/부끄러운 일이다."라고요. 제 생각에 현실의 문제의식을 분명히 지니면서도 그것이 누군가에게 공감을 불러일으키는 언어로 창작된다면, 어떤 형식이라도 문학적으로 가치가 있다고 봅니다. 형식에 얽매여 현실을 외면해서도 안 되고, 정치적인 구호나 선전처럼 독자들의 공감이나 위로를 이끌어 내지 못하는 문학이 되어서도 안 되는 것이죠.

식민지를 통해 근대화가 이루었다는데, 진짜일까?

『시인 동주』를 읽다 보면 지금 우리가 살아가고 있는 현실과 큰 차이를 느끼기 힘듭니다. 물론 휴대전화도 없고, TV나 컴퓨터 같은 최첨단 전자 기기가 없기는 해요. 하지만 전기가 있었고, 전화도 있었죠. 도심에는 전차가 다녔고 근대적인 대학이 있었으며, 카페, 백화점, 상점, 경찰서, 병원도 있었습니다. 조선 시대의 전통적인 도시와는 모습이 전혀 다른, 근대적인 도시의 성격을 지니고 있었습니다. 지금의 서울, 그 당시에는 경성이라고 불리던 도시는 이미 근대화가 상당히 진행되어 있었어요. 동주와 몽규도 모던 보이처럼 카페에서 문학과 인생, 민족의 앞날에 대해 대화를 나누곤 했을 것입니다.

그렇다면 이런 근대적인 문물들은 어떻게 해서 만들어졌을까요? 항간에는 일제강점기를 거치며 근대적인 문물이 들어올 수 있었다고 이야기하는 사람들이 있어요. '식민지 근대화론'을 주장하는 사람들이죠. 이들은 조선이 스스로 근대화를 이룰 수 있는 힘이 모자랐다고 말합니다. 이런 생각을 한 이유는 1800년대 후반 삼정(三政)°의 문란이 일어나는 등 조선의 지배 체제가 심각하게 흔들리고 있었기 때문입니다. 지배 체제가 흔들리는 상황에서 스스로 근대화를 하기에는 국력이 약했다는 것이죠. 또한 대원군이 쇄국정책을 펼치고 민중은 단발령에 반발하는 등 근대 문물에 대한 저항이 존재했기에, 조선은 자발적으로 근대화를 이루려는 의지가 부족했다고 보았습니다.

이들은 조선이 근대적인 면모를 갖추기까지 일본이 큰 영향을 미쳤다고 주장합니다. 다시 말해서 식민지 경험을 하는 동안에 철도와 항만, 도로 등 도시 기반 시설이 갖춰질 수 있었고, 근대적인 학교교육이 이루어졌으며, 농업의 근대화와 공장의 설립 및 자원 개발도 이루어졌다고 주장하죠. 얼핏 들으면 그들의 주장이 타당한 것처럼 보이기도 해요.

하지만 『시인 동주』에 그려진 것처럼, 일제가 조선에 근대적인 문물과 제도를 도입한 이유는 식민지 지배를 정당화하고 수탈을 효율적으로 수행하기 위한 것이었습니다. 동양척식주식회사 등을 만들어 토지를 가로채고, 산미 증식 계획을 세워서 농산물을 수탈했

● 18, 19세기 조선에서 가장 중요한 수입원이었던 전정(田政, 토지세), 군정(軍政, 군역의 대가로 내는 포목), 환곡(還穀, 곡식 대여 제도)을 말한다.

으며, 수탈한 식량을 철도와 항만을 이용하여 일본으로 실어 나르기에 바빴습니다. 소학교에서는 어릴 때부터 황국신민서사 등을 외우게 해서 일제에 충성을 다할 것을 강요하고, 중일전쟁, 태평양전쟁을 수행하기 위해 중화학공업을 육성하는 등 조선을 병참기지로 만들었죠. 조선의 근대화를 위해서가 아니라, 일제의 욕망을 충족시키기 위해 근대적인 문물과 제도를 도입했던 것입니다. 그들의 근대화는 수탈을 위한 것이었습니다. 이처럼 식민지 근대화론을 반박하고 식민지가 수탈을 위한 도구였다는 주장을 '식민지 수탈론'이라고 합니다.

식민지 수탈론과 함께 식민지 근대화론을 비판하는 입장으로 '내재적 발전론'도 있습니다. 이들은 식민지 이전에 한반도에서 근대화를 이루기 위해 자체적으로 노력했던 역사적 사실을 중요하게 여깁니다. 19세기 말 우리 역사를 들여다보면 고종 시절 근대사회로 나아가기 위한 갑오개혁이 이루어졌고, 1897년에는 근대적인 대한제국이 성립되었죠. 정치적으로 근대화에 대한 강력한 의지가 있었던 것입니다. 오히려 일제 등 외세에 의해 정치가 불안해지면서 근대화가 지체되었던 셈입니다.

하지만 외세의 영향에도 불구하고 근대화를 향한 노력은 계속되었습니다. 대한제국 황실은 1898년에 전기회사를 설립했고, 그 이듬해에는 아시아 최초로 전차를 도입하는 등 근대적인 모습을 빠르게 갖춰 나갔어요. 그 당시 전차가 일본 도쿄보다 3년 먼저 도입될 만큼 대한제국의 근대화 의지는 강했습니다. 교육 면에서도 1895년에 지금의 초등학교에 해당하는 소학교가 만들어지고 각 지역에서 뜻있는 인사들이 학교를 설립하는 등 근대적인 교육의 씨앗이 뿌려지고 있었죠.

구한말 우리 민족은 근대화에 대한 주체적인 의지를 지니고 있었습니다. 만약 조선에 대한 강대국들의 욕심, 특히 일제의 야욕만 없었더라면 한반도는 충분히 자생적으로 근대화를 이뤘을 것입니다. 억압과 수탈이 없었더라면 근대화가 훨씬 빠르게 진행되었겠죠. 식민지가 된 이후에도 나라를 되찾으려는 여러 노력들이 이루어졌는데 그 노력들은 근대적인 움직임들이 대부분이었습니다. 대한민국임시정부도 이미 근대적인 체제를 갖추었고, 만주에 있는 신흥무관학교도 근대적인 교육을 시행하고 있었죠. 국내에서도 시인 윤동주처럼 민족적인 성향을 지닌 지식인들이 우리 민족이 나아갈 방향을 늘 고민하고 있었습니다. 이렇게 볼 때 식민지를 통해 근대화가 이루어졌다는 주장은 우리의 주체적 역사를 낮게 평가한 것이라고 봐야 할 것입니다.

BOOK 12

의미 있는 죽음, 가치 있는 삶
『모리와 함께한 화요일』

°스웨덴 출신의 세계적인 영화감독 잉마르 베리만은 가장 아끼는 자신의 영화로 〈제7의 봉인〉(1957)이라는 작품을 꼽습니다. 겨우 35일 동안 촬영해 완성한 영화지만, 칸영화제 심사위원 특별상을 수상하는 등 영화사에 길이 남을 명작으로 손꼽히죠.

영화의 배경은 14세기 중엽 스웨덴입니다. 주인공 안토니우스 블로크는 십자군 전쟁에 참여했다가 10년 만에 고향으로 돌아가고 있었어요. 고향으로 가는 길은 참담했습니다. 그 시절 유럽은 페스트가 창궐해 있었거든요. 지나는 길목마다 사람들이 죽어가고 있었습니다. 그러던 중 마침내 블로크도 죽음의 사자(使者)를 만납니다.

이때 블로크는 죽음의 사자에게 체스를 제안합니다. 체스를 두면서 죽음을 미뤄 보려는 생각이었죠. 그리고 그동안 삶의 의미를 찾고 신으로부터 구원을 받고자 합니다. 그러나 어디를 돌아봐도 인간은 불안과 불신, 부조리 속에서 고통만 느낄 뿐이었어요. 고국의 현실 역시 십자군 전쟁터와 크게 다르지 않았죠.

시간은 흐르고 체스 판에서조차 블로크는 궁지에 몰립니다. 죽음의 사자가 곧 그를 데려갈 참이었어요. 그러던 중 블로크는 우연히 어느 보잘것없는 광대 가족과 마주칩니다. 자신에게 산딸기를 대접하고 류트 연주까지 들려주는 광대 부부를 보며 블로크는 잠시 허무한 감정에서 벗어나 삶에 대한 향수를 느끼기 시작합니다. 그 순간, 그는 광대 부부가 서로를 무한히 신뢰하고 사랑하는 것을 목격하면서 진정한 구원이란 십자군 전쟁처럼 거대한 명분이 아니라 일상적인 사랑 속에 담겨 있음을 깨달아요. 죽음 직전에 블로크는 진실한 삶의 열쇠를 발견한 것입니다.

사실 주인공 블로크는 운이 좋은 편입니다. 우리가 살아가는 현실에서는 삶의 의미를 찾지 못하고 죽는 사람들이 훨씬 많으니까요. 현대인들은 바쁘게 살아갑니다. 누군가에게 뒤처지지 않으려고 발버둥을 치고 허세를 부리기도 해요. 그런데 왜 그렇게 살아야 하는지는 잘 모릅니다. 그러다가 영화의 주인공 블로크처럼 갑자기 죽음을 맞이하게 되죠. 사람들은 그제야 인생의 의미를 고민합니다. 죽음이 삶을 되돌아보는 계기를 마련해 주는 것입니다. 그렇다면 우리는 진정한 삶의 의미를 생각하기 위해 죽음이 찾아올 때까지 기다려야 할까요? 그렇지는 않겠죠. 잠시 동안 시간을 내어 『모리와 함께한 화요일』을 읽는다면 말입니다.

『모리와 함께한 화요일』은 루게릭병에 걸려 죽어가는 한 노교수의 이야기를 기록한 책입니다. 책의 저자는 미치 앨봄으로 모리 슈위츠 교수의 오랜 제자예요. 미치는 우연히 TV에 출연한 모리 교수를 보고 16년 만에 그에게 연락을 합니다. 그리고 모리 교수가 죽을 때까지 매주 화요일마다 비행기를 타고 그를 찾아가죠. 정말 지극한 정성입니다. 그런데 그가 그렇게까지 했던 이유는 죽어가는 자에 대한 동정심이나 스승의 은혜에 보답하기 위한 것이 아니었어요. 그는 오히려 죽어가는 스승의 가르침을 통해서 마음의 위안을 얻고 삶의 의미를 깨닫게 되죠. 어떻게 된 일일까요?

책을 읽으면서 가장 놀라웠던 대목은 모리 교수가 근위축성측삭경화증(루게릭병)으로 생이 얼마 남지 않았다고 선고를 받은 날이었습니다. 그는 잠시 무엇을 해야 할지 망설였지만 두려워하거나 낙담하지는 않았습니다. 그렇다고 시름시름 앓다가 의미 없이 사라지길 원하지도 않았죠. 오히려 남은 시간을 최선을 다해 쓰겠다고 다짐합니다. '죽어간다'는 말이 '쓸모없다'는 말과 동의어가 아님을 증명하려고 했던 것이죠. 결심이 서자 그는 자신이 살아온 경험을 바탕으로 삶에 대한 아포리즘을 써 내려가기 시작합니다. "자신과 타인을 용서하는 법을 배워라.", "할 수 있는 일과 할 수 없는 일이 있음을 인정하라.", "너무 늦어서 어떤 일을 할 수 없다고 생각하지 말아라." 등등, 어느새 그것들은 꽤 많아졌고 동료 교수를 통해 글과 사연이 언론에 알려지게 되죠.

사람들은 죽음이 다가오면 삶의 의미를 잃고 허무에 빠지는 경우가 많습니다. 그 까닭은 목적과 의미를 생각하지 못한 채 살아왔기 때문이에요. 의미를 찾을 수 없기에 허무를 느끼는 것입니다. 〈제7의 봉인〉에서 기사 블로크가 십자군 전쟁까지 치르면서도 그 안에서 목적과 의미를 찾지 못했던 것처럼, 현대인들은 의미를 잘 찾지 못합니다. 하지만 모리 교수는 달랐어요. 그는 죽음을 앞두고도 침착했고, 자신이 무엇을 해야 할지 신속하게 결정을 내렸습니다. 글을 썼고 그것들을 널리 알렸으며, 때로는 TV에 출연해 사람들에게 자신의 메시지를 전했습니다. 그는 죽어가고 있었지만 누구보다도 삶의 목적과 의미를 분명하게 인식하고 있었죠.

그렇다면 어째서 사람들은 삶의 의미를 찾지 못하는 것일까요? 그리고 모리 교수가 생각하는 삶의 의미란 무엇일까요? 모리 교수는 제자 미치에게 이야기합니다. 현대인들은 이기적인 것들에 휩싸여 살고 있어서 삶의 의미를 찾는 일에 무감각해졌다고 말입니다. 그의 말에 따르면 현대인들은 자기 경력을 걱정하고, 주택 융자금이 충분한지 살피고, 새 차를 살 수 있는지 고민하는 등 수만 가지 사소한 일에 휩싸여 살아가면서, '이게 내가 원하는 것인가?', '이게 다인가?'라고 성찰하지는 못합니다. 그들은 새 차, 새로운 아파트, 새로운 장난감을 손에 넣고서 '내가 뭘 가지고 있는지 알아요?' 혹은 '내가 뭘 샀는지 알아요?'라며 자랑할 뿐이죠. 모리 교수는 이들이 사랑에 굶주려 대용품을 받아들이고 있을 뿐 자신이 진정으로 원하는 것이 무엇인지 알지 못한다고 보았습니다.

제자 미치는 혼란스럽고 부끄러웠습니다. 왜냐하면 모리 교수가 하는 말이 모두 자기를 겨냥한 말처럼 들렸기 때문이죠. 그는 대학을 졸업하고, 스포츠 칼럼니스트가 되어 늘 쫓기듯이 글을 쓰고, 방송까지 출연해 가며 미친 듯이 일을 해서 많은 돈을 벌고 좋은 집도 구했어요. 하지만 정작 그런 일들을 어째서 했는지는 제대로 성찰해 본 적이 없었습니다. 모리 교수는 미치의 삶을 꿰뚫고 말합니다.

"미치, 만일 저 꼭대기에 있는 사람들에게 뽐내려고 애쓰는 중이라면 관두게. 어쨌든 그들은 자네를 멸시할 거야. 그리고 바닥에 있는 사람들에게 뽐내려 한다면 그것도 관두게. 그들은 자네를 질투하기만 할 테니까."

모리 교수는 이어서 삶의 의미와 목적을 말하기 시작합니다. 의미 있는 삶이란 사랑하는 사람들을 위해서, 자기를 둘러싼 이웃과 지역사회를 위해서 자신을 바치는 일이라고요. 그리고 마지막으로 스스로에게 목적과 의미를 주는 일을 창조하는 데 자신을 바칠 것을 당부합니다. 그러면서 타인에게 뭔가를 주는 것이야말로 살아 있는 기분을 만끽하게 하는 일이라고 말합니다. 죽어가는 모리 교수에게 새로운 자동차나 커다란 집은 제아무리 멋지다 해도 살아 있음을 느끼게 해 줄 수 없겠죠. 죽음을 앞둔 모리 교수에게는 타인에게 베푸는 행동이야말로 탐욕과 질투심에서 벗어나 삶의 의미를 느끼게 해 주는 것이었습니다. 그러고 보니 타인에게 베푸는 삶은 영화 〈제7의 봉인〉에도 등장합니다. 허무에 빠진 기사 블로크가 우연히 만난 광대 부부의 더없는 친절과 조건 없는 사랑에서 삶의 허무를 극복할 열쇠를 얻었으니까요.

삶의 허무를 극복하는 법, 그것은 타인을 향한 배려와 사랑이었습니다. 모리 교수는 어떻게 이런 깨달음을 얻었을까요? 정답은 죽음을 바라보는 모리 교수의 시선 속에 있었습니다. 대체로 사람들은 죽음을 멀리하는 경향이 있습니다. 누구나 죽게 될 것을 알고 있지만, 정작 자기가 죽는다고 하면 사람들은 아무도 믿으려 하지 않죠. 죽음을 자꾸 자기 삶의 영역에서 몰아내려고 할 뿐입니다. 그런데 모리 교수는 죽음을 멀리하지 않고 그것이 항상 자기 곁에 존재할 수 있다는 생각으로 살아왔습니다. 어떻게 죽을지 항상 생각하며 살았던 것이죠. 그는 매일 어깨 위에 작은 새가 놓여 있다고 상상하고 새에게 물었습니다. '나는 준비가 되었나? 나는 해야 할 일들을 다 제대로 하고 있나? 내가 원하는 그런 사람으로 살고 있나?'라고요. 모리 교수는 말합니다.

"어떻게 죽어야 할지 배우게 되면 어떻게 살아야 할지도 배울 수 있다네."

현대인들은 바쁘게 살아갑니다. 명문 학교 입학과 출세를 위해서, 성공을 위해서, 부자가 되려고 앞만 보며 살아가죠. 명예를 좇기도 하고, 권력을 좇기도 합니다. 하지만 정작 무엇 때문에 그렇게 살아야 하는지, 경쟁에서 이기는 것이 무슨 의미가 있는지는 생각하지 않습니다. 죽음을 앞두고 있다면, 그때에도 이런 삶이 의미가 있을까요? 죽음을 앞두었던 모리 교수의 말을 한 번쯤 되새기는 것은 어떨까요?

무엇이 가치 있는 삶인가?

책을 읽다 보니 모리 교수는 돈이나 명예, 권력을 멀리하고, 대신 주변 이웃들의 삶에 큰 관심을 기울여 왔다는 생각이 들었습니다. 모리 교수가 그렇게 살아왔던 동기는 무엇일까요?

모리 교수는 미치와의 대화에서 줄곧 사랑을 강조했습니다. '사랑을 나눠 주는 법과 사랑을 받아들이는 법을 배우는 것이 인생에서 가장 중요하다'고 말하곤 했죠. 이런 그의 깨달음은 그가 살아왔던 인생 경험과 무관하지 않습니다. 그는 러시아에서 이민해 온 아버지 밑에서 불우한 유년을 보냈습니다. 게다가 어린 나이에 어머니마저 돌아가시는 비극을 겪었죠. 하지만 다행히도 자신을 따뜻하게 돌봐 주는 새어머니를 만났고, 불우한 유년을 극복한 후 대학에서 사회학을 전공하게 됩니다. 피붙이도 아닌 자기에게 새어머니가 베푼 사랑은 그에게 큰 감동을 주었어요. 삶의 가치가 사랑 속에 담겨 있음을 깨달았던 것입니다.

모리 교수는 석사와 박사과정을 끝내고 첫 직장으로 정신병원에서 근무를 하게 됩니다. 그는 그곳에서 환자들을 관찰하는 일을 수행했죠. 정신질환을 앓는 이들을 관찰하는 일은 쉽지 않았습니다. 밤새 울고 소리 지르는 사람들, 먹기를 거부하거나 옷에 오줌을 싸는 사람들, 헛소리를 지껄이는 사람들을 관찰하고 기록하는 것은 몹시 고되고 힘든 일이었죠.

그러던 중 모리 교수는 하루 종일 병실 바닥에 엎드려 지내는 한 여자를 발견합니다. 병원 사람들은 아무도 그녀에게 접근하지 않았고 대화는커녕 마치 쓸모없는 물건처럼 대했어요. 그는 그녀에게 접근해 대화를 시도했습니다. 그녀와 똑같이 바닥에 엎드려 말을 걸었죠. 그러자 어느 순간 그녀는 말하기 시작했고, 의자에 앉았으며, 방으로 되돌아갔습니다. 관심과 애정을 보이자 변하기 시작한 거예요. 사실 그녀는 자기가 거기 있다는 것을 누군가 알아봐 주기를 간절히 바랐던 것입니다.

모리 교수는 그 일을 통해 보람을 느꼈겠군요. 그 경험을 통해 타인을 배려하고 존중해야겠다는 마음을 먹게 된 것인가요?

맞습니다. 모리 교수는 병원에 있는 환자들이 대부분 의료진들에게 거부당하고 무시받으며 살고 있다는 사실을 알게 되었어요.

그들은 자기 존재를 확인받지 못한 채 살아가고 있었죠. 환자들은 연민을 기대했지만 의료진들은 냉혹한 간수처럼 그들을 멸시했습니다. 약간의 관심과 배려만으로 증상이 완화될 수 있었는데도 불구하고 말이에요.

그런데 여기서 한 가지 빠뜨려서는 안 될 사실이 있어요. 당시 병원에 있던 환자들이 대부분 부유한 가정 출신이었다는 점입니다. 이는 물질적인 풍요가 결코 행복이나 만족감을 줄 수 없다는 사실을 증명하는 것이었죠.

현대인들은 물질적인 풍요가 정신적인 만족을 가져다준다고 믿고, 이를 얻기 위해 부단히 노력합니다. 남들보다 물질이 부족하면 그것을 심각한 위기로 받아들이고 이를 극복하려고 하죠. 사회는 끊임없이 위기를 부추겨서, 사람들이 물질만 좇아 살아가게 만듭니다.

그러나 물질은 만족감을 주는 데에 한계가 있어요. 오히려 더 많은 것을 얻기 위해 경쟁하다 보면 동료를 잃고, 이웃도 잃게 됩니다. 정작 죽음에 이르렀을 때, 이웃과 동료는 떠나고 물질만 가득한 감옥에 갇혀 외롭게 죽어가게 되죠.

그렇군요. 참된 삶이란 참된 관계를 맺으며 살아갈 때에 얻어질 수 있겠군요. 이 밖에 모리 교수에게서 얻을 수 있는 삶에 대한 통찰은 없을까요?

모리 교수는 정신병원을 그만둔 후, 1960년대부터 브랜다이스대학에서 사회학 강의를 하기 시작했습니다. 그런데 그 시절 미국 사회는 매우 혼란스러웠습니다. 당시 미국은 자유주의 진영을 대표해 베트남이 공산국가가 되는 것을 막기 위한 전쟁을 수행하고 있었어요. 많은 젊은이들이 전쟁터에서 죽거나 다쳐서 돌아왔죠. 미국의 젊은이들은 전쟁에 반대하는 시위를 연일 계속했습니다. 모든 전쟁에 반대하면서 젊은이들의 희생을 막고 평화를 추구하자는 것이었죠. 이때 모리 교수는 젊은 친구들을 지지했습니다. 모리 교수는 학생들을 보호하기 위해 모든 학생에게 A학점을 부여했어요. 성적이 부진한 학생들은 군대에 끌려가야만 했거든요. 이처럼 모리 교수는 온 힘을 다해 사람들에게 도움이 될 만한 일을 직접 실천했습니다.

그는 수업을 할 때도 이른바 직업훈련을 시키기보다는 올바른 인격체로 성장하도록 돕는 교육에 초점을 맞췄습니다. 사회의 부속품처럼 기능하는 인간이 아니라 개인이 지닌 능력을 최대한 끌어올릴 수 있는 교육에 매진했죠. 그는 '사회심리학', '정신질환과 건강' 등을 강의하며 학생들이 스스로를 존중하고 자기 자신이 중요한 존재로 느끼도록 교육했어요. 대학 교육이 직업을 얻기 위한 수단으로 전락해 버린 현실에서, 모리 교수의 가르침은 새겨들어야 할 이유가 분명하죠.

죽음을 맞이하는 바람직한 자세

책을 읽으면서 놀랐던 것은 모리 교수가 죽음을 두려워하지 않는다는 사실이었어요. 사람들은 죽음을 공포나 두려움의 대상으로 생각하게 마련인데, 모리 교수는 어떻게 죽음 앞에서 당당할 수 있었던 것이죠?

모리 교수가 죽음을 두려워하지 않았던 가장 큰 이유는 그가 훌륭한 삶을 살아왔기 때문이에요. 후회 없는 삶을 살았던 것이죠. 보통 사람들이 죽음을 두려워하는 이유가 뭘까요? 육체적인 고통 때문에? 물론 고통은 치명적이에요. 모리 교수도 자기 몸이 굳어 오는 것을 무척 고통스러워했죠. 그러나 육체적인 고통은 죽음이 아니라 병증 때문에 생기는 것입니다. 죽는 순간에는 오히려 고통을 잘 느끼지 못하죠. 그렇다면 다가오는 죽음이 어째서 두려울까요? 그 까닭은 '소멸에 대한 두려움'에 있어요. 아무런 의미 없이 사라져 잊히게 될까 봐 두려운 것이죠.

기독교에서 말하는 영생이나 불교에서 말하는 윤회는 모두 소멸을 극복하기 위한 방법이에요. 영원히 사는 것은 자신의 존재를 지속하는 일이고, 언젠가 다른 존재로 다시 태어나는 윤회 역시 마찬가지죠. 순교자들의 죽음을 떠올려 보세요. 그들은 죽음을 전혀 두려워하지 않고, 기꺼이 죽음의 길을 선택합니다. 왜냐하면 죽음이 끝이 아니라는 것을 믿기 때문이죠. 기독교와 불교뿐일까요? 아마도 인간이 만들어 낸 모든 종교와 사상은 소멸에 대한 공포를 극복하기 위해 만들어졌을 거예요.

결국 인간이 죽음을 두려워하는 이유는 '모든 것이 끝났다'고 여기기 때문입니다. 잊힌다는 사실이 두려운 것이죠. 그런데 모리 교수는 죽음을 두려워하지 않습니다. 왜냐하면 그는 자신의 삶이 끝이라고 생각하지 않기 때문이에요.

모리 교수는 기독교인이었나요? 아니면 다른 종교를 지녔던 것은 아닌가요? 어째서 그는 자신의 죽음이 끝이 아니라고 믿을 수 있었던 것일까요?

그가 종교를 믿었는지 믿지 않았는지는 그다지 중요하지 않습니다. 그에게 중요한 것은 사랑하는 사람들이었죠. 그는 병으로 죽어가는 내내 사랑하는 사람들과 꾸준히 만남을 지속합니다. 그는 말합니다. "공포 속에서 세상을 떠나고 싶진 않아. 무슨 일이 일어나는지 알고, 받아들이고, 평화로운 곳에 이르고, 자유롭게 놓여나고 싶네."라고 말이죠.

그는 루게릭병을 선고받은 이후에도 대학교에 가서 마지막 강의를 실천했고, 삶에 대한 아포리즘을 썼으며, 이를 친구들에게 보냈습니다. 이 내용이 널리 알려져 방송국에서 인터뷰 요청이 왔을 때도 흔쾌히 응했으며, 방송을 나간 후에 곳곳에서 편지가 쏟아지자 일일이 답장을 해 주었죠. 그의 집은 옛 스승을 보고자 먼 길을 찾아온 제자들로 늘 북적였습니다. 그의 육체는 죽어가고 있었지만 그는 사람들 사이에서 의미 있는 존재로 거듭나고 있었어요.

사랑하는 이들과 함께 있으니 모리 교수는 자신이 죽더라도 잊히지 않을 거라는 확신이 있었겠군요. 사랑하는 이들의 가슴속에 자신이 남을 것을 믿었다고 봐야겠죠?

그렇습니다. 그는 자신의 죽음이 소멸이라고 생각하지 않았어요. 다음은 언젠가 모리 교수가 미치에게 들려준 이야기입니다. 넓디넓은 바다에서 작은 파도가 두려움에 떨고 있었습니다. 파도는 다른 파도들이 해변에 닿아 부서지는 것을 보고 슬픈 표정을 짓고 있었죠. 작은 파도는 자신도 곧 부서져 없어질 것을 두려워했던 것입니다. 그때 뒤따라오던 파도가 말했습니다. "넌 잘 모르는구나. 우리는 그냥 파도가 아냐, 우리는 바다의 일부라고." 모리 교수는 자신의 죽음을 두려워하거나 슬퍼하지 않았습니다. 파도가 소멸해 버리는 게 아니라 바다의 일부이듯이, 모리 박사도 인간은 홀로 존재하다가 스러지는 게 아니라 사랑하는 사람의 일부라는 사실을 깨달았던 것입니다.

모리 교수의 생각대로라면 죽음이 사랑하는 사람의 일부가 되는 과정이라고 볼 수도 있겠는데요? 죽음을 맞이하는 모리 교수의 태도가 존경스럽습니다. 마지막으로 모리 교수는 죽기 전에 어떤 일을 가장 하고 싶어 했나요?

모리 교수는 스스로 고통을 경험하면서 고통을 겪는 다른 사람들과 더 가깝게 느껴졌다고 말했습니다. 그러면서 죽음이 커다란 파장을 만들어, 타인끼리 서로를 위해 눈물을 뿌릴 수 있기를 바랐습니다. 고통받는 사람들끼리 서로를 위로해 주길 원했던 것이죠.

그리고 이런 말도 남겼습니다. "죽기 전에 자신을 용서하라. 그리고 다른 사람도 용서하라." 용서를 하지 않으면 마음속에는 증오와 복수심이 남습니다. 그러면 죽음 이후에도 그 사람은 사랑하는 이들이 아니라 증오와 죄책감에 시달리는 사람들 곁에 머물게 돼요. 그리고 이는 또다시 증오와 복수를 낳겠죠. 비극은 꾸준히 반복될 것입니다. 따라서 죽음을 맞이하게 된다면 나쁜 인연을 맺었던 이에게 먼저 화해를 구하는 것이 옳습니다. 화해를 하는 순간 증오는 사랑으로 변할 수 있을 테니까요.

: 책으로 세상 읽기 :

죽어가면서도 고독한 현대인들

모리 교수는 루게릭병에 걸려 죽음에 이를 때까지 사랑하는 사람들 사이에서 생활할 수 있었습니다. 더할 수 없이 행복한 죽음을 맞이한 것이죠. 하지만 이런 죽음이 누구에게나 허락되는 것은 아닙니다. 우리가 살아가는 현실에서 죽어가는 이를 기꺼이 찾아가는 일은 그다지 많지 않습니다. 오히려 꺼리는 경우가 더 많죠. 마치 죽음이 전염이라도 되는 듯이 말입니다. 그런 까닭에 우리는 죽음을 앞둔 사람들을 삶의 공간에서 분리하려는 경향이 있습니다. 장례식장은 물론이고 요양 병원도 혐오 시설 중 하나가 된 까닭은 죽음을 현실에서 분리하려는 의도에서 비롯된 것입니다.

독일의 사회학자 노베르트 엘리아스는 『죽어가는 자의 고독』이라는 책에서 현대인들의 죽음은 그 어느 때보다도 고독한 상태라고 말합니다. 죽어가는 사람들에게 가장 힘든 일은 무엇일까요? 우선 순간순간 엄습하는 신체적인 고통이 무척 힘겨울 것입니다. 하지만 마음의 고통도 이에 못지않습니다. 무엇보다도 소외감에 시달리게 되죠.

죽어가는 자들은 건강한 사람들의 공동체에서 차츰 분리됩니다. 그들은 무엇보다도 평범한 일상에서 배제되기 시작하죠. 모리 교수가 루게릭병을 앓는다는 사실이 알려지자, 브랜다이스대학에서는 그에게 일을 그만해도 괜찮다는 권고를 내립니다. 집으로 돌아가서 쉬라는 의미죠. 어떻게 보면 이는 죽어가는 자에 대한 따뜻한 배려라고 생각할 수 있어요. 하지만 정작 죽어가는 당사자에게는 배려가 아니라 배제라는 느낌을 갖게 합니다. 마찬가지로 우리 사회에서도 노쇠한 분들에게 실버타운에서 살아갈 것을 권하는 경우가 종종 있습니다. 실버타운에서 의료적인 처치도 받고 운동도 하면서 여생을 편안히 보내라는 의미겠죠. 하지만 실버타운은 노쇠하여 죽음이 다가오는 이들을 사회에서 분리해 내는 방법이기도 합니다. 예기치 못한 죽음 대신 관리가 가능한 곳에서 죽음을 처리하고 싶은 욕구가 반영된 구조인 것이죠.

여유를 지니고 여생을 즐길 수 있는 실버타운은 그나마 훌륭합니다. 경제적인 능력이 있는 분들은 그 안에서 평안히 남은 생을 살아가기도 하니까요. 하지만 경제적인 여유가 없는 분들은 요양 병원으로 옮겨 갑니다. 요양 병원은 죽어가는 자들을 관리하는 곳 이외에 다른 의미를 지닌다고 보기 어렵습니다. 현실을 살아가는 사람들이 죽어가는 자들에게 신경을 쓰지 않아도 되는 구조인 것이죠. 죽어가는 자의 입장에서는 어떨까요? 이보다 더한 소외감은 없을 것입니다. 더 이상 쓸모가 없어져 용도 폐기된 것 같은 느낌이 들겠죠.

오늘날 의료 기술은 더없이 발달하여 인간의 생물학적인 기대 수명을 꾸준히 연장시켜 왔습니다. 100세 시대가 아니라 120세까지 살게 될 날도 멀지 않았어요. 하지만 거꾸로 소외감과 우울증에 시달리는 노인들은 자꾸만 늘어 가는 추세입니다. 불행한 사실이지만 2015년 통계를 살펴보면 우리나라에서 자살률이 가장 높은 세대는 70대와 80대입니다. 우리나라는 OECD 국가 중 노인 자살률이 지난 10년 이상 부동의 1위를 차지하고 있어요. 2015년 당시 인구 10만 명당 70대 노인의 자살은 62.5명이었고, 80대 노인의 자살은 83.7명이었죠. 아마 현재도 크게 달라지지 않았을 거예요.

노인들이 자살을 마음먹는 이유는 여러 가지가 있어요. 경제적인 이유도 있고 신체적으로 겪는 고통도 있을 것입니다. 하지만 노쇠했다는 이유로 평범한 생활 속에 섞이지 못하고 가족과 친지, 이웃들에게 고립되어 소외감을 느끼는 것도 큰 몫을 합니다. 더군다나 죽음을 앞둔 이들은 사회생활로부터 최대한 배제되고 철저하게 격리까지 당하게 되니, 그 고독감은 더할 나위 없이 크죠. 죽어가는 자에게 가장 힘든 일은 정서적인 고립감인 것입니다.

죽어가는 자의 고독을 어떻게 도와야 할까요? 그 해법은 모리 교수의 삶 속에 있습니다. 모리 교수는 자신이 루게릭병에 걸려 곧 죽을 것을 알게 되었을 때, 더욱 적극적으로 사람들과 관계 맺기를 시도했습니다. 신문과 방송도 마다하지 않았죠. 죽음을 맞이할 때까지 자기 의지를 실천하며 생활한 것입니다. 그에게선 죽어가는 자의 고독을 찾아보기 어려웠죠.

물론 모리 교수의 삶을 일반화할 수는 없습니다. 그는 대학교수였고 관계를 맺을 기회가 보통 사람들과는 비교할 수 없을 만큼 많았어요. 그처럼 죽음을 맞이하기란 쉽지 않을 것입니다. 그러나 그의 죽음에서 교훈을 얻을 수는 있어요. 죽어가는 자, 노쇠해 가는 자들이 최소한 정서적으로 고립감을 느끼며 홀로 죽음에 이르게 하지는 말아야 합니다. 고독으로부터 벗어날 수 있도록 그들에게 평범한 일상을 제공하고, 의미 있는 기회를 주고, 한편으로는 노쇠한 이들끼리, 혹은 환자들끼리 관계를 맺도록 도와준다면 죽어가는 자의 외로움은 한결 나아질 것입니다.

북트리거 포스트

북트리거 페이스북

와글와글 독서클럽

비문학

1판 1쇄 발행일 2019년 2월 20일
1판 2쇄 발행일 2021년 3월 5일

지은이 강영준
펴낸이 권준구 | 펴낸곳 (주)지학사
본부장 황홍규 | 편집장 윤소현 | 팀장 김지영 | 편집 양선화
디자인 정은경디자인 | 마케팅 송성만 손정빈 윤술옥 이혜인 | 제작 김현정 이진형 강석준 방연주
등록 2017년 2월 9일(제2017-000034호) | 주소 서울시 마포구 신촌로6길 5
전화 02.330.5265 | 팩스 02.3141.4488 | 이메일 booktrigger@naver.com
홈페이지 www.jihak.co.kr | 포스트 http://post.naver.com/booktrigger
페이스북 www.facebook.com/booktrigger | 인스타그램 @booktrigger

ISBN 979-11-89799-04-5 43800

이 도서의 국립중앙도서관 출판예정도서목록(CIP)은 서지정보유통지원시스템
홈페이지(http://seoji.nl.go.kr)와 국가자료공동목록시스템(http://www.nl.go.kr/kolisne)에서
이용하실 수 있습니다. (CIP제어번호: CIP2019002737)

북트리거

트리거(trigger)는 '방아쇠, 계기, 유인, 자극'을 뜻합니다.
북트리거는 나와 사물, 이웃과 세상을 바라보는 시선에 신선한 자극을 주는 책을 펴냅니다.